버나드 쇼
니벨룽의 반지

버나드 쇼
니벨룽의 반지

초판 1쇄 인쇄 | 2013년 7월 10일
초판 1쇄 발행 | 2013년 7월 18일

지은이 | 버나드 쇼
옮긴이 | 유향란

발행처 | 이너북
발행인 | 김청환

책임편집 | 이선이

등록번호 | 제 313-2004-000100호
등록일자 | 2004. 4. 26.

주소 | 서울시 마포구 염리동 8-42 이화빌딩 601호
전화 | 02-323-9477, **팩스** 02-323-2074
이메일 | innerbook@naver.com

ISBN 978-89-91486-69-0   03840

ⓒ 버나드 쇼, 2013

http://blog.naver.com/innerbook

버나드 쇼
니벨룽의 반지

버나드 쇼 지음 | 유향란 옮김

이너북

차례

이 책은 리하르트 바그너*의 걸작 〈니벨룽의 반지〉에 대한 해설서이다. 나는 열광적인 바그너 추종자이면서도 그의 사상을 도통 이해할 수 없거나 보탄의 딜레마가 무엇인지 모르는 사람, 그러면서도 그의 대사가 따분하고 재미없다고 공공연히 말하는 불손한 속물들을 보고 분개하는 사람들을 위해 이 책을 썼다. 마치 애완용 강아지가 주인에게 충성을 다하듯 바그너를 숭배하면서, 몇몇 기본적인 생각이나 욕구, 감정들에만 공감하고 나머지는 이해하지도 못한 채 그의 우월성에 경의를 표하는 사람은 진정한 바그너주의자가 아니다. 어쨌거나 스승과 제자가 같은 생각을 공유한다는 것은 참으로 바람직한 일이다. 불행하게도 1848년에 혁명가 바그너가 품었던 사상은 그 어떤 교육이나 영국과 미

---

* Wilhelm Richard Wagner, 1813~1883, 음악을 중심으로 한 독일의 종합적 예술가

국의 음악 애호가들의 경험으로도 배울 수 없는 것이었다. 그들은 대개 정치적으로 우유부단해서 혁명가와는 거리가 멀었다. 또 바그너가 쓴 많은 팸플릿과 논문을 영어로 번역하려는 시도는 지금까지도 물론 있었지만, 역자의 생각에 맞추어 원래의 내용을 터무니없이 왜곡한 탓에 말도 안 되는 우스꽝스러운 것이 되어버렸다. 하지만 지금은 번역 분야의 걸작이라 일컬을 만큼 훌륭한 번역서가 나와 우리 문학계를 풍요롭게 하는 데 일조하고 있다. 그런데 이것은 바그너의 작품을 차례대로 영역한 애쉬튼 엘리스*가 다른 역자들보다 독일어 사전을 더 잘 활용했기 때문이 아니다. 그는 다만 이전의 번역자들이 이해하지 못했던 바그너의 사상을 제대로 이해했을 뿐이다.

내가 이 책을 쓰는 이유는 전통적 성향의 영국인들이 갖추지 못했을 법한 사상을 전해주고 싶어서다. 나는 이것을 바그너처럼 혼자 힘으로 길렀다. 다시 말해 젊은 시절에는 그 무엇보다도 음악을 많이 배웠고, 혁명적인 학교 안에서 젊은 정치적 혈기를 방자하게 휘둘렀다는 말이다. 영국에서는 이처럼 두 가지를 함께 갖춘 경우가 매우 드문데 지금까지 이러한 결실을 맺었다고 공공연하게 말할 수 있는 사람은 나밖에 없는 것 같다. 따라서 나는 음악가지만 혁명가는 아닌 사람들, 또 혁명가지만 음악가는 아닌 사람들이 이미 쓴 여러 책들에 더해서 이 해설서를 감히 세상에 내놓으려 한다.

1898년 하인드헤드*핏폴드에서 조지 버나드 쇼

---

* William Ashton Ellis 영국의 번역가
* 영국 남부 지역에 있는 음악 학교

제4판 **서 문**

이 책이 세상에 나온 지도 어언 24년, 그동안 많은 일들이 일어났다가 사라졌다. 물론 피비린내 나는 사건도 있었다. 음악적으로 이제 바그너는 헨델이나 바흐, 모차르트, 베토벤보다 시대에 더 뒤떨어진 음악가가 되어버렸다. 그들의 경우 그들이 사용한 양식은 사라졌어도 작품은 남아 있는 데 반해 바그너의 양식은 젊은 작곡가들이 처음 오디세우스의 활을 쏘겠다고 나서면서부터 완전히 누더기꼴이 되고 말았다. 결국 바그너의 양식은 호머(호메로스)풍의 불가능한 것으로 버림받았다. 영국은 두 세기 동안 남의 흉내만 내는 눈에 띄지 않는 존재였다가 어느 날 갑자기 주목할 만한 작곡가 집단을 배출해내기 시작했다. 그들의 작곡 기법이 너무 혁신적인 나머지 지휘자가 지휘를 하다가 심히 귀에 거슬리는 실수를 발견하더라도 감히 고쳤다가 작곡가의 의도를 해치는 것이 아닌가 두려워한 나머지 좀처럼 건드리지 못하고 있다. 게다가 젊은 음악가들이 더이상 조성으로 곡을 쓰지 않고 음표 하나하나에 플랫(♭)이나 샤프(#)를 다는 바람에 지휘자는 있지도 않은 조표를 찾느라 공연히 헛수고를 한다. 만약 바그너가 영국의 최신 교향시를 지휘한다면 "이것도 음악이라고?" 하면서 머리를 쥐어뜯고 비명을 지르리라. 이는 바그너와 같은 시대를 살았던 사람들이 〈트리스탄과 이졸데〉(1866)의 스코어*에서 착오 관계(false relation, 어떤 음과 그 반음계적 변화음을 서로 다른 성부에서 동시에 또는 즉각적으로 밀접한 병치로 사용하는 것)와 맞닥뜨렸을 때 보인 반응과 똑같다. 현대 음악의 발전이 그저 기발한 실험에 불과한 것이 아니라 진정한 발전이 분명하다면, 그 싹의 대부분은 〈파르지팔〉(1882)이나 바흐에 내재되어 있었다. 그런데 새로운 여정에 나섰다는 이유로 비방을 당하는 1번 타자란 대개 새로운 진로를 발견한 사람이다. 하이든이 베토벤에게 그랬던 것처럼 바그너 역시 백스, 아일랜드, 스콧, 홀스트, 구슨스, 본 윌리엄스, 프랑크 브리지 등(그들 자신의 영국 스타일로 본격적인 곡을 만들어낸 영국 작곡가 이름을 이렇게 많이 생각해낼 수 있다니!)을 인정하고 격려했을 것 같지는 않다. 1855년에 바그너는 필하모닉 지휘자로 영국을 방문했는데, 그때 그는 이 나라에서 이렇게 많은 작곡가가 배출되리라곤 꿈에도 상상하지 못했으리라. 게다가 2년 후에 이 나라에서 태어난 엘가*라는 이름의 아기가 유럽의 작곡가들과

---

* 총보 · 합창(합주) · 중창(중주) 등에서 각 파트를 한눈에 볼 수 있도록 세로로 작성한 악보
* Edward William Elgar, 1857~1934, 영국의 작곡가

어깨를 나란히 하는 대작곡가가 되리라는 이야기를 들었다면, 그는 분명 성질을 참아내기 힘들었을 것이다. 하지만 이런 일들은 예전 셰익스피어 시대와 마찬가지로 여전히 빈번하게 벌어지고 있다. 그리고 그제나 이제나 대부분의 영국인들은 이런 일에 별로 관심도 없고 아무런 의식도 없다.

게다가 책 본문에도 나오듯이 영국인은 바그너의 노래와 무대에 길이 들었다. 하지만 지금은 〈니벨룽의 반지〉나 〈파르지팔〉을 듣기 위해 일부러 바이로이트*에 가거나 독일 가수를 부르지 않아도 된다. 그것은 바그너가 바이로이트에서 들은 것보다 훨씬 뛰어난 공연이 영국에서, 그것도 영국 연주자에 의해 이루어지고 있기 때문이다. 템스강 남쪽에 위치한 올드빅* 같은 극장조차 반세기 전에 〈검은 눈의 수잔〉을 공연하려 들지 않았던 것과 마찬가지로 지금 〈탄호이저〉를 공연하려 하지 않는다.

한편 바이로이트 축제극장이 현대적인 시설을 갖춘 최첨단 극장이라는 내 말도 이제는 시대에 뒤떨어진 것이 되어버렸다. 바이로이트 축제극장은 회화적인 프로시니엄스테이지*로 되어 있는데, 그러한 무대는 이제 더이상 최신식이라고 말할 수 없다. 청교도가 지배할 때 폐쇄되었

---

* 바이로이트 음악제가 열리는 독일 남동부 바이에른주에 있는 도시
* 런던의 극단. 셰익스피어의 작품을 전문적으로 공연했으며 국립 극장의 토대가 됨
* 액자 무대. 오늘날 거의 대부분의 극장에서 채택하고 있는 형식으로, 17세기에 처음 출현. 관객석이 무대를 원형 또는 반원형으로 둘러싼 공간, 또는 엘리자베스 왕조 시대의 에이프런 스테이지와 같이 관객석 쪽으로 네모나게 돌출한 공간이 흡수되고 커다란 프로시니엄 아치로 관객석과 무대가 확연하게 구획된 구조

다가 찰스 2세의 왕정복고(1660)와 함께 극장이 다시 복원되었을 때, 회화적 풍경과 프로시니엄스테이지의 도입으로 이 극장은 셰익스피어의 극을 작자가 의도한 대로 상연할 수 없게 되어버렸다. 프로시니엄스테이지에는 막간에 내리는 막과 마지막에 내리는 초록색 막이 있어서 연극의 막을 구분해주고 또 막이 바뀌는 동안 정성 들여 만든 세트가 설치될 수 있도록 무대를 가려준다. 그 바람에 셰익스피어의 연극은 조각조각 난도질당하고 말았다. 막과 막으로 나누어지고 또 효과적으로 막을 내릴 수 있도록 마지막 장면을 새롭게 추가해서 다시 써야 했던 것이다. 그런 상황에서는 거부할 수 없는 매력을 지닌 배우들이 출연하지 않는 한 못 견디게 지루한 무대가 될 수밖에 없었다.

이리하여 회화적인 무대는 셰익스피어의 작품들과 오랜 전통의 그리스 연극에 종지부를 찍게 했을 뿐만 아니라, 오페라의 형식을 규정했고 (오페라는 회화적 풍경의 무대와 함께 성장했다) 연극의 형태도 변화시켰다. 바그너도 이를 피할 수 없는 대세로 받아들였다. 하지만 〈니벨룽의 반지〉 공연을 염두에 두고 그에 어울리는 극장을 구상할 때, 그는 연기와 연주의 맥을 끊지 않은 채 무대를 전환할 수 있는 장치를 고안해내려고 머리를 쥐어짰다. 그러면 관객은 약 15분가량 내려진 막을 그저 멍하게 바라보거나 자리에서 일어나 어슬렁거리면서 담배나 술로 시간을 죽이지 않아도 될 것이었다. 이렇게 해서 바그너가 고안해낸 방법 중 하나가 바로 '스팀 커튼'이라 불리는 것으로부터 생성된 안개로 무대를 감추는 것이었다. 그것은 제 이름에 딱 어울리는 장면을 연출하면서 온 극장 안을 세탁소 냄새로 가득 채웠다. 덕분에 〈라인의 황금〉은 긴 휴식 시간이 있는 3막 구성으로 진행된 대신 처음부터 끝까지 한 번도 쉬지 않고 공연될 수 있었다.

바이로이트 극장의 회화적 무대가 완벽하고, 무대 기구 또한 최신식이라는 사실은 누구나 인정하지 않을 수 없다. 나는 바그너의 의도가 훌륭하게 반영된 〈니벨룽의 반지〉를 보고 왔지만, 그럼에도 내가 그 악극을 제대로 즐기기 위해서라면 박스석 뒷부분에 앉아 다리를 쭉 뻗고 옆자리에 편안하게 걸쳐놓은 채 무대 따위는 보지 않고 그저 음악만 듣는 것이 가장 좋았겠다는 생각을 고백하지 않을 수 없다. 사실 모방 수준밖에 안 되는 무대 미술가가 비싼 돈 들여 만든 무대 장치에 의지해서만이 겨우 극의 흐름을 파악할 수 있다면 극장에 오지 않는 편이 나은데, 실제로 그런 사람들은 오지도 않는다. 그런데 바그너는 바이로이트 극장을 구상하면서 쓸데없는 일에 공을 들이고 있었다.

당시 그는 이런 생각까지는 미처 하지 못했기 때문에 회화적 장면에 바탕을 두고서 〈니벨룽의 반지〉를 공연할 계획을 세웠다. 따라서 바이로이트가 바그너의 전통을 파기하기를 바라는 것은 프랑스 국립 극단이 몰리에르의 전통을 파기하기를 바라는 것만큼이나 무리한 이야기다. 지금은 그저 그러한 전통이 시대에 뒤진 것이라고 말할 수 있을 뿐

---

* Harley Granville Barker, 1877~1946, 영국의 배우·극장 지배인. 쇼와 손을 잡고 극장개혁에 참가
* William Poel, 1852~1934, 영국 배우·연출가. 셰익스피어 작품 상연에 엘리자베스 왕조의 상연 형태를 도입하려 함

이다.하긴 이 책이 처음 출판될 당시에는 그것이 최신식으로 여겨지고 있었으니……. 그 사이 영국에서는 무슨 일이 일어났을까? 영국인 그랜빌 바커*는 또다른 영국인 W. 폴*의 실험을 발전시켜 20세기에 걸맞은 셰익스피어를 상연하기 시작하였다. 바커의 극장에서 상연된 일련의 작품들은 줄거리를 해치지 않으면서도 전례 없을 정도로 눈부신 예술성을 발휘할 수 있었다. 거기에는 막 구분도 없고 칙칙한 회화적 세트도 없었다. 그 결과 셰익스피어는 지겹도록 따분한 작가가 아니라 엔터테이너의 제왕으로 등극하게 됐다. 기존의 회화적 무대로는 도저히 만들어낼 수 없을 뿐만 아니라 오히려 매번 망치기만 했던 환상적인 분위기를 어느 정도 갖추고서 말이다. (〈파르지팔〉에서 의식을 치르는 몇몇 장면을 제외하고서) 환상의 파괴는 바이로이트에서 가장 강력하게 이루어졌다고 말할 수 있다.

그랜빌 바커가 셰익스피어의 작품을 혁신적으로 복원할 즈음, 영국의 바이로이트*는 회화적 무대를 도입해 〈코리올라누스〉* 상연 시간을 한 시간으로 줄이는 데 성공했다고 의기양양하게 발표했다. 이런 상황에서 관객은 국민적 극작가를 위해 이렇게 무리하게 줄여놓은 작품을 적어도 한두 번은 눈감고 봐줘야 했다. 한마디로, 도가 지나친 것이다. 그랜빌 바커와 손을 잡은 셰익스피어 기념극장 감독 브리지 애덤스는 자신들의 새로운 방식을 스트랫퍼드에도 도입했다. 그러자 그때까지

---

* 스트랫퍼드 어폰 에이번에 있는 셰익스피어 기념극장. 현재의 로열 셰익스피어 극장
* 셰익스피어의 4대 비극이 씌어진 1600~1606년에 함께 씌어진 로마 사극 중 하나

울며 겨자 먹기로 회화적 무대를 봐야 했던 사람들은 세 시간 노컷으로 상연되는 〈코리올라누스〉가 한 시간으로 압축된 것보다 훨씬 빠르게 진행되는 느낌에 놀라움을 금치 못했다. 그리고 연출가인 앳킨스가 개혁을 단행한 런던의 올드빅 극장도, 대중적인 멜로드라마성 작품보다 셰익스피어의 작품이 관객을 더 많이 끌어들였다.

이리하여 영국인들은 방법론적으로 바그너를 훌쩍 뛰어넘었고, 그 결과 이 책에서 그를 선구자로 언급한 모든 부분이 시대에 뒤떨어진 것이 되고 말았다. 참고로, 대부분의 영국인이 서로에 대해 속물적인 경멸을 품고 있다는 사실을 아는 사람이라면 W. 폴, 그랜빌 바커, 브리지 애덤스, 그리고 그들과 함께 일한 영국인 무대 장치가와 미술가들이 영국에서 거둔 성과를 동시대를 살았던 독일의 저명한 라인하르트* 덕으로 돌린다고 해도 놀라지 않으리라. 영국 사람들에게 어느 정도 인정받고 있는 영국인이라곤 고든 크레이그*밖에 없다. 그는 무대 위에서 이루어지는 연극보다 무대 미술을 더 좋아한 매혹적인 선전가로 대륙의 매력에 빠져 살고 있었다. 그런데 극장에 관한 문제라면 극장과 그곳에서 성장한 모든 예술을 모욕하는 일에 참견하고 나섰다.

한편 〈니벨룽의 반지〉의 사회적 측면은 작곡 기법이나 공연 기술처럼 급속하게 퇴색하지는 않았다. 아니, 할 수만 있다면 이른바 대전(1차 세계대전)을 무효화시키겠다고 도전하는 것 같았다. 대전의 참사는 실

---

* Max Reinhardt, 1873~1943, 오스트리아 출신의 연출가. 셰익스피어 작품에 생명감을 불어넣어 연출가의 예술적 중요성을 확립
* Gordon Craig, 1872~1966, 영국의 배우 · 무대 미술가 · 연출가. 반사실주의적 무대미술을 고안

로 엄청났지만 바이로이트를 뒤흔들지는 못했다. 하지만 〈니벨룽의 반지〉를 전후의 시점에서 고려했을 때, 바그너가 목격했던 모든 진전은 그가 봉기 측에 가담했던 1848년의 혁명운동부터 독일제국이 성립하고 빌헬름 1세 대관식이 있었던 1871년의 제국주의 절정기 사이에 이루어진 것임을 분명하게 보여준다. 그때 바그너는 이런 노래를 불렀다.*

　만세, 만세, 황제 폐하 만세!
　빌헬름 폐하 만세!
　독일 자유의 수호신이여!

　만약 바그너가 살아 있어서 1917년 러시아나 1918년 독일에서 일어난 사건, 황제를 목매달아라, 목매달아라 라는 영국의 아우성에 독일이 동조하는 바람에 그가 찬양하던 빌헬름 1세의 손자(빌헬름 2세)가 네덜란드로 망명할 수밖에 없게 된 상황을 보았다면 대체 무슨 말을 했을까? 라인의 처녀들이 영국의 부잣집 아들들과 사귀고, 세네갈의 흑인이 괴테의 집에 있으며, 마르크스가 러시아에서 추앙받고, 로마노프가는 총살당하고 합스부르크가는 도망다니고 호엔촐레른가는 망명하는 상황. 스튜어트 왕조나 부르봉 왕조와 마찬가지로 회복할 기회조차 없이 제국들이 몰락하고 있음을 상징하는 것들이다. 간단히 말해, 이러한

---

* 바그너가 프로이센 · 프랑스 전쟁 승리를 기원하며 작곡한 '황제 행진곡' (1871)에 옵션으로 붙어 있는 자작곡 합창용 가사

신들의 황혼 사태가 미친 듯이 돌아가고 있는 까닭에 사태의 귀결이 현재보다 좀더 분명하게 드러날 때까지는 어떤 우의에도 적절하게 맞아떨어질 수 없다는 것이다. 이 모든 것들이 바그너가 살았던 시대, 또 이 책이 씌어질 당시의 정치적 양상을 엄청나게 변화시켰다는 점을 감안할 때, 바그너의 우의가 지금도 여전히 유효하고 의미심장하다는 것은 세계를 파악하고 이해하는 그의 능력이 얼마나 폭넓은지 여실히 드러내고 있다. 세계대전으로 사회의 모습이 변화한 것이라기보다는 그 사회가 쓰고 있던 가면이 한꺼번에 찢어진 꼴 이상이 된 것이다. 즉, 대전으로 알베리히는 더 부유해진 반면, 그의 노예들은 일할 수 있는 행운을 잡기는 했지만 더 굶주리고 더 혹사당하게 되었다. 〈니벨룽의 반지〉 마지막은 라인강의 세 처녀들만 빼고 모든 사람들이 다 죽는 것으로 끝난다. 비록 이번 대전을 통해 또 한 번 전쟁이 발생하면 그때는 라인의 처녀들까지도 '수중폭뢰'로 모두 죽임을 당할 수 있다는 암시를 받았다고는 하지만 아직 현실의 드라마는 끝나지 않았다. 따라서 우리는 최선을 다해야만 한다. 만일 여기에 성공한다면 이 책은 다시 한 번 개정판이 나올 것이다. 하지만 만일 실패한다면 세계 재편이 이루어지리라.

1922년 세인트로렌스에서 G · B · S

격려의 말

먼저, 호기심을 채우기 위해 극장에 가거나 바그너의 유명한 4부작 〈니벨룽의 반지〉의 공연을 관람하는 것으로 유행에 편승하고자 하는 보통 사람들에게 여기에 나온 몇 가지 내용은 도움이 될 만한 것으로 환영받을 것이다.

우선 〈니벨룽의 반지〉에는 신, 거인, 난쟁이, 물의 요정, 발퀴레, 소원을 들어주는 마법의 투구, 마법의 반지, 주술이 걸린 검, 신기한 보물 등이 나온다. 그렇다고 그것이 황당무계한 옛날이야기는 아니다. 아니, 오히려 현대적인 드라마라 할 수 있다. 〈니벨룽의 반지〉는 19세기 후반 이전에는 결코 씌어질 수 없는 작품이다. 그것은 그 시대에 이르러서야 비로소 정점에 달한 사건을 다루고 있기 때문이다. 관객이 〈니벨룽의 반지〉에서 현재 자기 자신이 고군분투하고 있는 인생을 발견할 수 없다면 그는 이 작품을 그저 주역인 바리톤 가수가 따분한 이야기를 참을 수 없을 정도로 늘어놓는, 크리스마스 동화극의 기괴한 전개로 여기고 있을 것이 분명하다. 다행히도, 이런 관점에서 본다 하더라도 〈니벨룽의 반지〉는 오케스트라와 드라마 양쪽에 걸쳐 굉장히 매력적인 부분들로 가득하다. 전원을 사랑하는 마음이 조금이라도 있는 사람이라면 자연을 표현하는 강, 무지개, 불꽃, 숲의 음악만으로도 앞으로 더 멋있는 장면이 나올지도 모른다는 희망으로 따분한 정치적 장면을 참고 견딜 것이다. 그리고 사랑의 음악, 쇠망치나 모루의 음악, 거인의 쿵쿵거리는 발걸음 소리, 숲의 젊은이들의 피리 소리, 작은 새들의 지저귐, 용의 곡, 악몽의 곡, 천둥의 음악, 곡 전체에 넘치는 심플한 멜로디, 감각에 호소하는 관현악의 매력 등은 누구나 즐길 수 있는 것들이다. 다시 말해 〈니벨룽의 반지〉와 우리가 평소에 접하는 연주나 오락 음악 사이에는 많은 공통점이 있다. 따라서 이 작품을 구성하는 네 개의 음악극은 전유럽에서 오페라로 인기를 모았다. 그리고 나중에 보면 알겠지만 네 개 음악극 중 하나인 〈신들의 황혼〉은 사실 오페라가 맞다.

한편 〈니벨룽의 반지〉에서 절박하면서도 첨예한 철학적, 사회적 의미를 읽어내는 고수 집단이 있다는 사실은 널리 알려져 있다. 나 또한 그와 같은 고수들 중의 하나라는 사실을 고백하면서, 그 정통한 달인들과 동등한 수준에서 이 작품을 느끼고자 하는 사람들에게 조금이나마 도움이 됐으면 하는 마음으로 이 글을 쓴다.

다음으로 음악에 대한 전문 지식이 없어서 〈니벨룽의 반지〉를 즐길 자격이 없다고 생각하는 겸손한 사람들에게 격려의 말을 해주고 싶다. 불안감일랑 과감하게 버려라. 만일 음악을 듣고 감동을 느꼈다면 바그너 또한 음악에서 그 이상을 바라지 않았음을 알게 될 것이다. 〈니벨룽의 반지〉에는 '고전파적 음악' 다운 부분이 단 한 소절도 없다.—극에 음악적 표현을 한다는 직접적인 목적 이외에 다른 목적이 있는 듯한 음표는 단 하나도 없다. 고전파 음악에는 프로그램 해설에도 나오듯이 제1주제와 제2주제, 자유로운 환상곡, 재현부, 코다*가 있고, 푸가*에는 대주제(對主題)나 스트레타*, 통주보속음*이 붙어 있거나 그라운드 베이스*에 실린 파사칼리아*, 하5도의 카논*, 그 외에 여러 가지 교묘한 장치가 있다. 그런데 결국 단순하기 그지없는 민요 가락과 마찬가지로 이것들이 제대로 구성되어 있느냐 그렇지 않느냐에 따라 성공과 실패가 갈렸다. 하지만 바그너는 결코 이런 종류의 것을 노리고 작곡하지 않았다. 이는 마치 셰익스피어가 소네트*나 트리올렛(ab aa abab 식으로 압운) 등을 만들어 시적 재능을 발휘하려고 희곡을 쓰지 않은 것과 마찬가지다. 그렇기 때문에 바그너의 음악은 음악을 체계적으로 배우지는 않았어도 천성적으로 음악을 좋아하는 사람들에게 쉽게 느껴진

---

* 음악 마지막 부분. 곡의 마지막 클라이맥스가 되는 부분
* 동시에 진행하는 여러 선율로 하나의 주제를 일정한 조적 법칙에 따라 체계적으로 모방, 반복하며 그 것들이 합쳐서 짜임새를 이루는 성악곡이나 기악곡
* 푸가 종결부로, 주제와 응답이 계속되어 긴박한 부분
* 연주자가 주어진 끄는 음 외에 즉흥적으로 화음을 곁들여 반주 성부를 완성시킨 일, 또는 그 끄는 음 부분
* 바소오스티나토, 상성의 악구는 변해도 저음부만은 같은 악구를 계속 반복하는 것
* 스페인의 느린 춤곡에서 나온 3박자의 느린 곡
* 돌려 부르기. 둘 이상의 성부가 같은 선율을 일정한 간격을 두고 충실하게 모방하면서 좇아가는 형식
* 14행시

다. 하지만 학자들은 바그너의 음악이 연주되면 일제히 소리친다. "뭐야, 이게? 아리아야 아님 레치타티브*야? 카발레타*가 없잖아? 마침표도 제대로 없네? 뭐야, 이 불협화음은? 왜 협화음으로 제대로 이행되지 않는 거야? 바로 앞의 조성과 같은 음이 하나도 안 나오는 조로 이행하다니 말도 안 돼. 이런 착오 관계를 도저히 들어줄 수가 없군. 팀파니여섯 개, 호른 여덟 개로 도대체 뭘 하겠다는 게야? 모차르트는 팀파니 두 개, 호른 두 개로 기적을 일으키지 않았나? 저 남자는 음악가도 아니야!" 하지만 아마추어들은 그런 걱정 따위는 아랑곳하지 않는다. 만약 바그너가 자신이 극에서 추구하려는 솔직한 목표를 버리고 전문가들이 옳다고 생각하는 소나타 형식으로 그들의 입맛에 맞는 음악을 만들었다면 그의 음악은 순진한 관객에게 이해할 수 없는 음악, 온통 예의 가공할 만한 고전파적 감각으로 똘똘 뭉친 음악이 되었을 것이다. 그러니 아무것도 두려워할 필요가 없다. 이론 같은 것은 잘 모르지만 그저 음악이 좋다는 사람은 대담하게 바그너에게 다가서면 된다. 그들과 바그너 사이에는 오해가 발생할 소지가 전혀 없기 때문이다. 〈니벨룽의 반지〉 음악은 정말로 쉽고 단순하다. 고리타분한 학교에서 음악을 배운 음악가들이야말로 머릿속에 버려야 할 것들로 가득하다. 나는 그런 사람들이 일말의 동정심도 얻지 못한 채 제 갈 길을 가도록 내버려둘 작정이다.

---

* 오페라 등에서 낭독조의 가창
* 오페라 중 짧은 노래로서 쉬운 형식과 간결한 것이 특징

니벨룽의 반지

〈니벨룽의 반지〉는 나흘 밤에 걸쳐 연달아 상연하게끔 의도된 〈라인의 황금〉(나머지 3부작의 서막), 〈발퀴레〉, 〈지크프리트〉, 〈신들의 황혼〉의 4편의 음악극으로 구성되어 있다. 독일어 원제(原題)는 Das Rheingold, Die Walkure, Siegfried, Die Gotterdammerung이다.

라인의 황금

발퀴레

지크프리트

신들의 황혼

제1장
라인의 황금

우선, 여기서 당신은 젊고 아름다운 여성이다. 그 모습으로 5년 전에 캐나다 골드러시 때의 금 생산 중심지인 클론다이크에 있다고 상상해 보자. 그곳에는 황금이 넘칠 정도로 많다. 지혜로운 사람이 꽃을 꺾지 않고 그저 감상만 하듯이 만약 당신이 황금을 보고도 그대로 둔 채 그 천연적인 색깔과 반짝임을 즐길 줄 안다면, 당신은 황금의 존재를 알아도 절대 다른 사람에게 피해를 주지 않으리라. 그리고 당신이 그런 생각을 갖는 한 황금시대는 영원히 계속될 것이다.

그러던 어느 날, 그곳에 한 남자가 나타난다. 그 남자는 황금시대에 대해서도, 그리고 현재를 살아가는 힘에 관해서도 알지 못한다. 그저 우리 주변의 보통 사람들과 마찬가지로 평범한 소망, 탐욕, 야심을 지닌 남자다. 그런 그에게 당신은 말한다. "이 황금을 훔쳐다가 팔면 당신을 위해 수백만의 사람들이 굶주림이라는 이름의 눈에 보이지 않는 채찍에 이끌려 시간과 장소를 가리지 않고 땀 흘려 일해 더욱더 많은 황금을 모아줄 것이다. 그러면 당신은 마침내 세계의 주인이 되리라!" 그런데 당신의 이야기는 예상했던 것만큼 그의 흥미를 끌어당기지 못한다. 왜냐하면 거기에는 그가 하기 싫어하는 일이 포함되어 있는데다가, 그가 열렬하게 원하는 것으로 그렇게 고생하지 않고도 손에 넣을 수 있는 것이 가까이에 있기 때문이다. 그것은 바로 당신! 그가 당신을 향한 사랑에 푹 빠져 있는 한, 그에게는 황금뿐만 아니라 그로 인한 모든 부귀영화가 아무런 의미가 없을 것이고 그러면 황금시대도 계속될 것이다. 그러다가 사랑을 포기할 수밖에 없는 상황이 닥치면, 그는 그제서야 비로소 황금을 거머쥐기 위해 손을 내밀고 이로써 금권제국을 건설할 것이다. 그런데 '사랑이냐, 황금이냐'를 선택하는 권한이 전적으로 그에게 있다고는 말할 수 없다. 그가 못생기고 무례하며 무뚝뚝한 남자라면 당신을 향한 그의 사랑이 바보스럽고 우스꽝스럽게 보일 것이다. 따라서 당신은 그를 차버리고 철저하게 모욕함으로써 절망을 안겨줄 것이다. 그런 상황에서라면 얻을 수 없는 사랑을 저주하며 비정하게 황금을 선택하는 것 외에 그에게 달리 무슨 선택의 여지가 있단 말인가? 이리하여 그는 황금시대의 막을 내리고 당신은 아무런 근심 걱정 없이 행복하던 시대가 끝나버렸다고 탄식할 것이다.

　한편 클론다이크의 황금은 전세계의 대도시로 퍼져나간다. 하지만 예전부터 있었던 딜레마는 여전히 존재한다. 사랑에 등을 돌리거나 그로 인한 풍요롭고 창조적인 생명 추구 활동에 등을 돌린 채, 금권력을 휘두르는 꿈에 빠져 오로지 황금을 모으는 데 급급한 남자의 손에 황금이 굴러들어와 눈덩이처럼 불어날 것이다. 그러나 기억하라, 자신이 좋아서 이 길을 선택하는 남자는 절대로 없다는 사실을. 다시 말해 강력해진 금권력이 보다 고차원적인 인간 충동을 반항적이라면서 억압하고, 황금으로는 만족감을 살 수 없다는 이유로 단순한 욕구조차 부정하고 박탈하며 모욕할 때 비로소 사람들은 온통 부를 쌓느라고 에너지를 쏟아 붓는 짓을 멈추게 된다. 그러한 과정이 얼마나 필연적인가 하는 문제는, 날마다 볼 수 있는 현대 도시의 금권 사회를 이해할 정도만 되는 사람이라면 쉽게 알 수 있으리라.

제1장

　〈라인의 황금〉 제 1장의 주제는 바로 이것이다. 자리에 앉아 막이 오르기를 기다리고 있노라면, 어딘가에서 천지를 뒤흔드는 듯한 소리가 들려온다. 이 소리는 점점 커지면서 뚜렷해진다. 눈앞에 강이 펼쳐지는 듯 푸르른 빛과 찬란하게 부서지는 물보라가 생생하게 느껴지는 듯하다. 바로 그 순간 막이 오르면서 머릿속으로 상상했던 장면이 그대로 눈앞에 펼쳐진다. 여기는 라인강 밑바닥. 진기한 물의 요정인 라인강의 세 처녀들이 노래를 부르며 즐겁게 헤엄친다. 그들이 부르는 노래는 뱃노래나 로렐라이 등과 같은 구슬픈 연가는 아니다. 그저 물의 흐름에 몸을 맡긴 채 생각나는 대로 아무 노래나 돌아가며 흥얼거리고 있을 뿐이다. 때는 황금시대. 라인의 처녀들은 라인의 황금을 보기 위해 이곳을 찾는다. 그들은 황금의 아름다운 모습과 반짝임을 사랑할 뿐, 이것을 가져다 팔 생각은 추호도 없다. 지금은 햇빛이 물속까지 비치지 않아 황금이 그 빛을 발하지 못한다.

이때 라인강 아래의 미끌미끌한 바위 틈새를 따라 가엾은 난쟁이 하나가 다가오고 있다. 넘치는 에너지 덕분에 강인한 몸과 대단한 열정을 지닌 난쟁이. 하지만 그는 촌스럽고 무식하며 제멋대로 상상하기 일쑤다. 자고로 행복이란 다른 사람과 더불어 살아갈 때 비로소 얻을 수 있다는 사실을 알지 못하는 멍청이인지라 항상 자신의 이익을 위해 무지막지하게 행동한다. 런던에는 이런 난쟁이들이 많다. 그는 충동에 이끌려 자기에게 부족한 아름다움, 경쾌함, 상상력, 음악을 찾아 이곳으로 온다. 즉, 그에게 라인의 처녀들은 이 모든 것을 갖춘 희망과 동경의 대상인 것이다. 다른 사람의 입장에서 사물을 바라볼 줄 모르는 그는 자신에게 라인의 처녀들이 부러워할 만한 장점이 하나도 없다는 사실을 깨닫지 못한 채 한심하게도 처녀들의 연인이 되기를 자청한다. 그러나 라인의 처녀들은 생각이 없고 원초적인 데다가 온전히 현실적인 존재도 아니다. 어찌 보면 요즘 젊은 아가씨들과 비슷하다. 외모에 대한 미적 감각이나 영웅에 대한 낭만적기준에서 볼 때 이 가엾은 난쟁이는 그들에게 불쾌감을 일으킬 만큼 추물이며 멍청한데다가 어설프고 탐욕스럽다. 그 주제에 자신들을 향해 삶과 사랑을 운운하고 있다니……. 처녀들은 그를 잔인하게 조롱한다. 처음에는 난쟁이에게 한눈에 반한 척한다. 그러나 다음 순간 180도로 태도를 바꾸어 그에게서 도망친 후, 그를 노리개 삼아 마음껏 비웃는다. 결국, 불쌍한 난쟁이는 수치스러움과 끓어오르는 분노로 돌아버릴 지경이 된다. 그 순간 햇살이 물속에 스며들자 황금이 반짝반짝 빛을 발하기 시작한다. 그러자 처녀들은 어느새 난쟁이 따위는 잊어버리고 황홀경에 빠져 라인의 황금을 찬양하는 노래를 부르기 시작한다. 물론 처녀들도 클론다이크의 우화를 잘 알고 있지만, 난쟁이에게 황금을 빼앗길 수도 있다는 생각은 꿈에도 하지 못한다. 황금은 사랑을 포기한 자만이 얻을 수 있는데 난쟁이는 사랑을 구하러 이곳에 오지 않았던가! 하지만 라인의 처녀들은 잊고 있었다. 그들이 난쟁이를 비웃고 거부하는 바람에 그에게서 사랑을 갈망하는 욕구가 사라져버렸다는 사실을. 또 돈과 권력이 없으면 아무것도 얻지 못한다는 진리를 난쟁이가 깨달았다는 사실을. 이것은 귀족사회에 들어가기를 자청했다가 비웃음을 당하고 쫓겨난 교양 없고 촌스러운 가난뱅이가, 그 사회를 자기 발아래 두고 세련되고 아름다운 아내를 얻기 위해서는 억만장자가 되는 수밖에 없다는 사실을 깨닫는 것과 마찬가지다. 결국 난쟁이는 요즘 많은 사람들이 그렇듯이 사랑을 포기한다. 그리고는 황금을 훔쳐 들고서 "거기 서라, 이 도둑놈아!" 하고 공허하게 외치는 물의 요정들을 뒤로 한 채 땅 밑으로 모습을 감춘다. 서서히 강은 어둠 속으로 사라지고 장면은 구름 위로 바뀐다.

이제 자타가 공인하는 재력가로 다시 태어난 난쟁이, 알베리히! 도대체 누가 그를 거역할 수 있을까? 그는 즉시 황금의 힘을 휘두르기 시작한다. 많은 사람들이 그를 살찌우기 위해 도처에서 굶주림이라는 눈에 보이지 않는 채찍에 맞아가며 노예처럼 일한다. 물론 그들에게 알베리히는 보이지 않는다. 이는 지금의 '위험한 사업'의 희생자들에게 그들을 파멸의 길로 이끄는 주주들의 모습이 전혀 보이지 않는 것과 같다. 그들의 노동으로 이루어낸 부는 오히려 자신들을 더욱 가난하게 만든다. 왜냐하면 그들이 창출해낸 부는 만들어지는 순간 그들의 손을 떠나 주인의 것이 되어 그를 한층 강력하게 만들기 때문이다. 현대의 문명국가 어디에서나 이런 과정을 볼 수 있다. 수백만의 사람들이 궁핍과 질병에 시달리면서 현대판 알베리히를 위해 부를 축적하지만 정작 자신들에게 확실히 돌아오는 것은 무서운 질병과 때이른 죽음밖에 없다. 이러한 현상은 오싹할 정도로 생생하게 우리 가까이에 있으며, 현대적이다. 이것이 우리 사회생활에 미치는 영향은 너무나 엄청나고 파멸적이어서, 이제 우리는 이로 인해 파괴되는 행복이 무엇인지조차 모르게 되어버렸다. 오로지 삶에 대한 희망을 노래하는 시인만이 이런 상황을 안타까워한다. 만약 우리가 모두 시인이라면 비참한 세기가 끝나기 전에 이런 상황에 종지부를 찍을 것이다. 하지만 마음속 깊은 곳에 난쟁이를 품고 사는 우리는 난쟁이들이 매우 훌륭하고 유쾌하며 제대로 된 사람이라고 생각하기 때문에 그들이 이곳저곳에서 해악을 만들어내고 이를 증폭시키는 것을 그저 바라볼 뿐이다. 만약 알베리히에 대항할 수 있는 더 고차원적인 힘이 없다면 이 세상의 끝은 완전한 파멸일 것이다.

하지만 다행히도 그런 힘이 있다. 다름 아닌 '신(神)'이다. 우리가 생명이라 부르는 신비한 존재는 새, 짐승, 벌레, 물고기 등 다양한 생물의 형상을 취하고 있으며, 놀랍게도 인간과 같은 모습으로 진화하여 교활한 난쟁이나 부지런히 일하는 우람한 거인이 되기도 하는데 그 거인은 힘든 일도 꾹 참아낼 줄 안다. 그들도 사랑과 생명을 원하지만, 끔찍한 저주나 무언가를 포기함으로써 얻으려 하지 않고, 보다 높은 힘에 묵묵히 봉사한 대가로 그것을 얻으려 한다. 여기서 말하는 보다 높은 힘이란 앞서 나왔던 생물체들의 형상으로 그 존재를 드러낸다. 또한 한 걸음 더 나아가 신에게 비교할 만한 수준을 갖춘 보기 드문 사람들이나 사유의 능력과 함께 육체적 욕망이나 개인적인 만족을 뛰어넘는 목표를 지닌 생물체의 형상으로 멋지게 나타난다. 그들은 세계를 단순한 야만 상태에서 끌어올리려면 도덕적 신념이라는 공통적 유대를 기반으로 하여 사회질서를 확립해야 한다는 사실을 알고 있다. 하지만 우매한 거인들이 사는 세계에서 신은 어떻게 이러한 질서를 확립할 수 있을까? 생각이 없는 거인들이 자신들의 편협하고 이기적인 목적에만 눈이 어두워 신의 목표 따위는 도저히 이해하지 못할 텐데……. 따라서 신은 우둔한 자를 상대할 때 타협하지 않을 수 없다. 어리석은 자들이 사는 세계에서 순수하게 이성에 따르는 법을 집행할 수 없기에, 신은 무자비한 처벌과 불복종자의 파멸이라는 강제적인 규율을 기계적으로 시행하는 수밖에 없다. 법을 반포할 당시 법률 제정자들이 법에다 자신들의 고상한 사상을 표현하기 위해 온갖 애를 다 쓰지만 결국 하루도 채 지나지 않아 그 사상은 발전하고 확대된다. 생명이란 끊임없이 진화하기 때문이다. 보라! 어제의 법이 벌써 오늘의 사상과 불화를 일으키고 있는 모습을. 그렇다고는 하지만 만약 고위에 있는 입법자가 일주일도 지나지 않아 위반의 선례를 남긴다면 신민에 대한 권위는 물거품처럼 사라지고, 그들을 통치하기 위해 갈고닦은 무기도 무용지물이 되고 만다. 따라서 설령 법이 더이상 자신들의 사상을 나타내지 않는다 하더라도 그들은 무슨 수를 써서라도 법의 존엄성을 유지해야 한다. 결국 그들은 자신들조차 믿지 않는 법률의 올가미에 발목을 잡혀 이도저도 못하게 된다. 관습에 의해 신성불가침한 것으로, 형벌에 의해 무서운 것으로 만들어 놓았기에 그들 자신조차 법에서 벗어날 수 없는 것이다. 마치 영적인 왕이 현세의 힘을 얻기 위해 자신의 한쪽 눈을 파냈듯이, 법에 의지해야 하는 신은 마침내 그 대가로 자신의 절반을 잃는다. 마침내 신은 자신보다 강한 힘이 도래해서 법에 의해 만들어진 제국을 파괴하고 자유로운 사상이 숨쉬는 진정한 공화국을 건설해주기를 은근히 바라게 된다.

  법의 지배에 따른 문제는 이것만이 아니다. 법을 시행할 수 있는 폭력을 매수해야 하고, 이러한 폭력을 고용한 권위를 존중하도록 신민 대중을 납득시켜야 한다. 하지만 그들이 입법자가 생각하는 바를 이해하지 못한다면 어떻게 그들에게 존경심을 심어줄 수 있을까? 방법은 딱 하나, 그들의 마음에 법의 힘이 웅장하고 위엄 있는 것이라고 인식시켜 경외심을 불러일으키는 수밖에 없다. 따라서 입법자가 된 신은 교황이자 왕의 자리에 앉아야 한다. 신은 자신이 그들보다 지혜롭다는 것으로는 일반 대중에게 통할 수 없으므로 대신 그들보다 엄청난 부를 축적한 채 성에 사는 존재, 황금을 걸치고 화려한 자줏빛 옷을 입고서 장엄한 연회를 여는 존재, 군대의 지휘관이요, 생사여탈권을 지닌 존재, 나아가 사후에 천국행이냐 지옥행이냐를 결정해주는 존재로 알려야 한다. 황금시대가 지속되는 동안은 이런 방법만으로도 타락하지 않고 성과를 올릴 수 있을 것이다. 난쟁이들은 설득할 수 없을지 모르지만, 하루하루 입에 풀칠하며 살아가는 정직한 거인들을 꼬드겨 신을 위해 커다란 홀과 교회, 망루와 종루를 갖춘 거대한 성채를 짓게 해서 그 주위에 거주 지역이 안전하게 형성, 발전할 수 있도록 만들 수는 있을 것이다. 단, 이 모든 것은 황금시대가 지속되고 있을 때의 이야기다. 금권력이 제멋대로 횡행하고 사랑을 버린 알베리히가 부패한 군대를 이끌고 등장하는 순간, 신들은 파멸에 직면하게 된다. 왜냐하면 굶주림이라는 눈에 보이지 않는 채찍으로 난쟁이를 부려먹고 거인들의 서비스를 살 수 있는 알베리히가 황금시대의 웅장함이나 화려함을 제압하는 강력한 존재가 될 수 있기 때문이다. 만약 신이 더 뛰어난 머리를 써서 그의 황금을 빼앗을 수 없다면 알베리히는 세계의 주인도 될 수 있을 것이다. 이것은 오늘날 교회가 안고 있는 딜레마이기도 한데, 알베리히가 라인강 밑에서 황금을 훔쳤을 때 비롯된 상황이라고 하겠다.

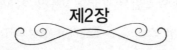

제2장

무대는 강바닥으로부터 구름이 가득한 곳으로 바뀌더니 마침내 탁 트인 초원이 나타난다. 그곳에서 신들의 우두머리인 보탄이 아내 프리카와 함께 자고 있다. 그에게는 한쪽 눈밖에 없는데, 프리카를 아내로 얻기 위해 스스로 자신의 한쪽 눈을 뽑았고, 이에 대한 보답으로 그녀는 모든 법의 힘을 보탄에게 지참금조로 가져다주었던 것이다. 초원은 계곡 끝에 있고 그 너머에 외눈박이 신과 모든 것을 통치하는 그의 아내를 위해 신축된 웅장한 성이 높다랗게 솟아 있다. 보탄은 아직 꿈속에서만 이 성을 보았을 뿐이다. 두 명의 거인(파졸트, 파프너)이 그가 잠든 사이에 성을 세웠기 때문이다. 프리카가 깨웠을 때에야 그는 비로소 성을 직접 본다. 보탄은 웅장한 성에서 프리카와 함께, 그리고 그녀를 통해 비천한 거인들을 지배하게 될 터였다. 거인에게는 보탄의 지시에 따라 자신들의 손으로 만든 굉장한 성을 멍청하게 바라볼 눈은 있지만, 자신을 위한 성을 스스로 설계하거나 신성(神性)을 이해할 만한 머리는 없었다. 신으로서 보탄은 위대하고 확고하며 막강해야 하지만 동시에 정열도 애정도 없어야 하는 바, 즉 전체적으로 공명정대한 존재여야 한다. 법과 더불어 살아야 하는 신이라면 어떤 나약함도, 인간에 대한 경외심도 지니고 있으면 안 된다. 그런 자질구레한 즐거움일랑 비천한 거인들에게 던져줌으로써 그들이 고달픈 육체노동을 쉽게 할 수 있도록 만들어야 한다. 결국 신이 전지전능한 올림포스적 권력을 얻으려면 난쟁이 알베리히가 금권력을 얻기 위해 치른 것과 똑같은 대가를 치러야 하는 것이다.

그런데 보탄은 장대한 꿈에 빠져 이 사실을 까맣게 잊고 있었다. 하지만 프리카는 아니었다. 그녀는 성을 지어주는 대신 거인들에게 주기로 한 대가, 즉 자신의 여동생인 프라이아 여신을 그녀가 키우는 황금사과와 함께 오늘 거인들에게 넘겨주기로 했다는 사실을 잊지 않았다. 프리카는 보탄이 너무 자기 중심적이어서 이 사실을 잊고 있었다고 힐책한다. 그러다가 보탄이 약속을 지킬 의사가 전혀 없으며 거인들을 속여서 대가를 안 주고자 또다른 막강한 힘, 즉 '거짓말'(라살이 말하는 '유럽적 힘')의 힘에 의지하고 있다는 사실을 알게 된다. 그런데, 이 힘은 보탄이 아닌 다른 신, 즉 지성, 논쟁, 상상, 환상, 이성의 신인 로게에게 있다. 로게는 거인들을 속여 보탄을 계약에서 자유롭게 해주겠다고 약속했다. 하지만 그는 시간이 다되었는데도 아직 나타나지 않았다. 사실프리카가 신랄하게 지적한 대로 로게가 보탄을 배신하지 말라는 법이 어디 있는가? 배신을 밥 먹듯이 하는 로게이니 말이다. 거인들은 이미 도착했다. 프라이아는 보탄에게 자기를 거인들로부터 보호해달라고 사정한다. 거인들은 자신들의 요구가 타당한 것이므로 신이 약속을 지킬 것이라는 데에 한 치의 의심도 품지 않는다. 그들은 계약에 따라 괴력을 발휘해서 보탄의 설계대로 돌을 쌓아 성문도 만들고 뾰족탑도 완성했다. 지금 눈앞에 우뚝 서 있지 않은가. 그러니 당연히 합의된 보수를 받으러 온 것이다. 그런데 그런 거인들 앞에 믿을 수도 이해할 수도 없는 일이 일어난다. 신이 발뺌하기 시작한 것이다. 비천하고 평범한 노동자들은 절대적인 신뢰 아래 고상한 일들은 모두 자기보다 훌륭한 그들에게 맡기고 또 그에 걸맞은 존경을 보내면서 그들을 거칠고 조잡한 일들로부터 해방시키는 것이 당연한 임무라고까지 생각했다. 그런데 존경하고 믿어 의심치 않던 그들이 사실은 부패하고 탐욕스러우며 부당한 사기꾼이라는 사실을 깨닫게 된 것이다. 그들에게 있어 이러한 사실을 처음으로 깨닫는 순간만큼 비극적인 경우도 없다. 그 충격이 거인(파졸트)에게 예언적인 통찰력을 주어 보탄을 향해 순간적으로 열변을 토하게 한다. 잠깐 동안 그는 우매한 거인의 상태에서 벗어나 빛의 아들에게 그의 사제, 신, 왕으로서의 모든 권한과 위엄은 그가 얼마나 청렴한 입법자인가에 따라 유지되기도 하고 붕괴되기도 한다고 진심으로 충고한다. 하지만 위장된 청렴한 입법자의 상이란 보탄 본래의 정열적인 성격과 전혀 어울리지 않는 것이었기에 그는 거인의 비난에 콧방귀도 꾀지 않는다. 한편 거인의 통찰력은 자신의 거들먹거리는 분노 속으로 사라져버린다.

보탄이 거인들과 한참 말싸움을 하고 있는데 드디어 로게가 나타났다. 로게는 보탄에게 전하겠다고 약속한 중요한 일 때문에 피치 못하게 늦었다는 변명을 한다. 그러다가 이 문제에 대한 자신의 생각을 당장 밝히고 보탄을 이 딜레마에서 구해달라는 압력을 받자 로게는 거인들의 말이 분명히 맞다고 말할 수밖에 없다. 성은 보탄의 설계대로 제대로 완성되었고, 쌓여진 돌 하나하나를 점검해봐도 어디 하나 흠 잡을 데가 없다. 그러니 계약대로 프라이아를 거인들에게 보내야 한다는 것이다. 그러자 신들이 격분했고 보탄은 로게가 자신에게 도망갈 길을 마련해준다고 약속했기에 거인들과의 거래에 응한 것이라고 열받아서 주장한다. 하지만 로게는 이를 부인한다. 만약 도망칠 구멍이 있으면 알려주겠다고 약속한 것이지, 없는 구멍을 만들어주겠다고 하지는 않았다는 것이다. 그는 온세상을 돌아다니며 프라이아를 거인들로부터 다시 살 만한 보물은 없는지 찾아보았지만, 천지간 어디에도 남자로 하여금 여자를 포기하게 할 만한 보물은 없었다. 이 말을 하다가 로게는 보탄에게 전하겠다고 약속한 일을 생각해낸다. 라인의 처녀들이 알베리히에게 황금을 도둑맞았다고 그에게 호소한 것이다. 로게는 이 사건이 사랑의 귀중함을 황금으로 살 수 없다는 보편적인 법칙을 깬 아주 드문 케이스라고 말한다. 황금 도둑 알베리히는 금권 제국의 어마어마한 부를 위해 또 그 힘으로 세계를 지배하기 위해 사랑을 포기한 것이다. 이 이야기를 듣자마자 거인들은 난쟁이 알베리히보다 더 야비한 반응을 보인다. 알베리히는 사랑을 거부당했기 때문에 사랑을 포기했고, 자존심을 무참히 짓밟힌 대가로 힘을 얻었다. 하지만 거인들은 손만 뻗으면 프라이아와 황금 사과를 손에 넣고 애정을 얻을 수 있는데도, 알베리히의 보물을 준다면 프라이아를 포기하겠다고 제안한다. 그들이 원한 것이 오직 보물뿐이었음에 주목하라. 그들에게는 자신보다 나은 자들을 지배하거나 자신들의 사상으로 세상을 만들어보겠다는 꿈이 없다. 뛰어난 재치도 원대한 야망도 없다. 오로지 돈을 향한 갈망만 있을 뿐. 그들은 보탄에게 알베리히의 황금을 주거나 아니면 계약대로 프라이아를 달라는 최후통첩을 남기고 그녀를 인질 삼아 데리고 가버린다.

프라이아가 사라지자 신들은 쇠약해지면서 나이를 먹기 시작한다. 그들이 너무 쉽게 포기한 프라이아의 황금 사과. 신들은 그제서야 그 사과에 자신들의 생사가 걸렸음을 깨닫는다. 왜냐하면 성이 제아무리 웅장하고 멋지고, 자신들이 제아무리 신이라 해도 법과 신격만으로는 살아갈 수 없기 때문이다. 하지만 로게만큼은 전혀 영향을 받지 않는다. 거짓말이란 원래 온갖 교묘한 경이로움과, 반짝거리는 광채와 속임수와 신기루 같은 속성과 더불어 단순한 껍데기뿐이었다. 실제로 몸이 없기 때문에 먹을 필요도 없다. 자, 그럼 보탄은 어떻게 하면 좋을까? 로게는 그 답을 확실하게 알고 있다. 알베리히에게서 황금을 빼앗아 거인들에게 주면 되는 것이다. 양심의 가책만 무시한다면 보탄이 망설일 이유가 없다. 알베리히 따위는 어차피 불쌍하고 머리 나쁘고 난쟁이인

데다가 속이기 쉬운 작자이니, 신이라면 그 꿍꿍이속을 간파할 수 있고 거짓말로 간단히 속아 넘길 수 있다. 그리하여 보탄과 로게는 알베리히 의 노예들이 보이지 않는 채찍 아래에서 재물을 모으고 있는 광산으로 내려간다.

제3장

이 어두침침한 곳은 꼭 광산이 아니어도 된다. 여기는 황린*, 인악*, 고액 배당, 목사 주주 등이 있는 성냥 공장이어도 괜찮다. 혹은 백연 공장, 화학 공장, 도기 제조소, 철도 조차장, 양복점, 휘발유 냄새나는 작은 세탁소, 제과점, 대형 점포 등 인간의 삶과 복지가 날마다 희생되는 곳이라면 어디라도 상관없다. 그곳에서는 어떤 아둔하고 탐욕스러운 자가 금권의 우상을 향해 이런 찬미가를 부를 수도 있다.

다른 사람들은 굶어 죽어가고 있는데 나를 배불리 먹여주시고,

다른 사람들은 탄식하고 있는데 나를 노래하게 만드셨으니.

---

* 담황색의 투명한 납 모양의 고체
* 인을 다루는 노동자의 턱뼈에 생기는 병

나를 향한 당신의 축복은 얼마나 대단한가,

마치 나만 보살펴주시는 것 같네.

광산에는 그를 위해 비참하게 일하면서 보물을 모으는 난쟁이들의 모루 소리가 메아리치는 가운데 알베리히가 동생 미메(좀더 친숙하게 말하면, 미미)에게 자신을 위해 투구를 만들도록 한다. 미메는 이 투구에 마법이 걸려 있다는 사실을 어렴풋이 눈치 채고는 자기가 가지려고 한다. 하지만 알베리히가 미메에게서 투구를 빼앗은 다음 그것이 보이지 않는 채찍을 가리는 베일이고, 투구를 쓴 사람은 자기 모습을 감출 수 있는 것은 물론 자신이 마음먹은 대로 어떤 모습으로든 변할 수 있다는 사실을 보여준다. 이 투구는 거리에서 흔히 볼 수 있는 평범한 모자로 높다란 중절모자의 형태를 하고 있다. 그러나 이것을 쓰면 주주로서 자신의 모습을 다른 사람의 눈에 띄지 않게 할 수 있고, 경건한 기독교 신자, 병원 기부자, 빈민 후원자, 모범적인 남편과 아버지, 빈틈없고 무미건조하며 자존심 강한 영국인 등등으로 얼마든지 변신할 수 있다. 하지만 실제로 그는 사회에 기생하는 가엾은 존재다. 그들은 엄청나게 소비하면서 무엇 하나 생산하지 않고, 아무것도 느끼지 못하고, 아무것도 모른다. 또 아무것도 믿지 않으며 누구나 할 수 있는 일만 하는데 그나마 그것이라도 하는 것은, 그마저 하지 않으면 불안해서, 혹은 최소한 하는 척이라도 하려는 것이다.

보탄과 로게가 광산에 도착하고, 로게는 보탄에게 알베리히를 오래

된 친구라고 소개한다. 하지만 난쟁이는 세련된 이방인들을 믿지 않는다. '탐욕'은 '지성'이 '시정(詩情)'과 '신성'을 갖추고 있을지라도 본능적으로 그것을 의심하는 한편 그 화려함과 위엄을 부러워하기도 한다. 알베리히는 그들을 향해 자신의 손아귀에 있는 권력을 자랑스레 떠벌리면서 자신이 세계를 제패한 모습을 그려보인다. 골짜기에 부는 부드러운 바람과 초록빛 이끼는 매연, 화산재, 오물로 변한다. 가혹한 노역과 질병, 불결을 술로 달래고 경찰의 곤봉으로 제압하는 일들이 사회를 유지하는 근간이 된다. 그가 자신의 욕망을 채우기 위해 사들이고자 하는 멋진 집이나 예쁜 여자들 외에는 모두가 파멸을 면치 못한다. 이 악의 왕국에서 모든 권력은 알베리히에 귀착된다. 신들은 그들의 도덕성, 적법성, 지적 통찰과 더불어 무릎을 꿇고 쇠망한다. 알베리히는 보탄과 로게에게 조심하라고 경고하는데 "조심하는 게 좋을 거야"라는 그의 말이 귀에 거슬리고 소름 끼칠 정도로 기분 나쁘다. 보탄은 마음 속 깊은 곳에서 끓어오르는 증오와 분노로 인해 그를 향해 욕설을 퍼붓는다. 하지만 로게는 눈 하나 깜박하지 않는다. 그에게는 도덕적 열망이 없기에 분개는 열광과 마찬가지로 우스꽝스러운 것이다. 로게는— 익살맞은 성격의 소유자로서—난쟁이가 보탄의 분노를 부채질한 탓에 보탄의 마음속으로부터 황금을 훔치는 것에 대한 일말의 양심의 가책이 사라져버린 것을 보고 재미있어한다. 이제 보탄은 아무런 양심의 가책 없이 난쟁이를 약탈할 수 있다. 악의 손(알베리히)으로부터 황금을 구해내 신을 위해 쓰는 것이 자신의 최고 사명이 아니었던가? 그리하여 보탄은 가장 숭고한 도덕적 이유로 로게에게 가장 저열한 행동을 하도록 한다.

　로게가 알베리히를 두려워하는 척하자 그는 한 치의 망설임도 없이 덥석 미끼를 문다. 로게가 묻는다. 그런데 어떻게 그렇게 많은 노예들로부터 자신을 지킬 수 있지? 그가 잠든 사이에 그들이 라인의 황금으로 만든, 힘의 상징인 마법의 반지를 훔쳐가지는 않을까? 그러자 알베리히가 "너는 이 세상에서 네가 제일 똑똑한 줄 알지?" 하고 비웃으며 마법의 투구에 대한 자랑을 늘어놓기 시작한다. 하지만 로게는 자기 눈으로 직접 확인하지 않으면 못 믿겠다고 말한다. 그러자 알베리히는 자신의 힘을 과시하는 것이 너무 즐거운 나머지 마법의 투구를 쓰고 큰 용으로 변신한다. 로게는 겁에 질려 혼비백산한 척하며 알베리히를 기쁘게 해준 다음, 아무리 조그만 틈이라도 몸을 숨기고 감시할 수 있는 작은 것으로 변신하는 것이 더 낫겠다고 부추긴다. 알베리히는 그 말을 듣고 즉시 개구리로 변신한다. 그 순간 보탄이 발로 개구리를 누르고 로게는 마법의 투구를 그에게서 벗겨낸다. 그리고는 알베리히를 묶어 포로로 삼은 뒤 땅속을 빠져나와 성 근처 초원으로 끌고 간다.

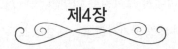

제4장

알베리히는 자유에 대한 대가로 어쩔 수 없이 자신의 노예들을 불러 그동안 모아놓은 재물을 보탄의 발밑에 늘어놓게 한다. 그리고 보탄에게 자신을 풀어달라고 부탁한다. 하지만 보탄은 반지 또한 가져야 한다고 말한다. 이 말을 듣고 난쟁이는 자신이 지닌 탐욕을 신도 가지고 있다는 사실을 깨닫고 앞서 거인과 마찬가지로 세계의 근간이 뿌리째 흔들림을 느낀다. 그의 생각에 신이 만들 수 없는 사악한 힘을, 악이 사랑을 잃은 절망적인 상황에서 만들어낸다는 것은 자연스럽고 정당한 일이다. 하지만 신이 그와 같은 사악한 힘을 악에서 훔쳐 쓴다는 것은 있을 수 없는 일이다. 보탄에게 반지를 포기하라고 호소하는 알베리히의 마음은 보탄의 행동이 잘못되었다는 확신으로 가득 차 있다. 하지만 그의 호소는 아무 소용이 없다. 이 말을 듣고 보탄이 다시 분개했을 뿐이다. 보탄은 알베리히에게 그야말로 라인의 처녀들로부터 황금을 빼앗은 장본인이라는 사실을 상기시킨 후, 자신은 도둑맞은 물건을 되찾아 주는 정의의 판사인 양 행동한다. 알베리히의 눈에는 도둑맞은 물건을 정의의 판사 자신이 가지리라는 것이 눈에 훤히 보인다. 결국, 반지는 그의 손에서 빠져나가고 알베리히는 라인강 밑바닥의 미끈미끈한 바위 사이를 비틀비틀 헤집고 다니던 시절과 전혀 다를 바 없는 가엾은 남자로 되돌아간다.

이것이 바로 세상 돌아가는 식이다. 그 옛날, 기독교인 노동자가 방탕한 기사에게 착취당하고, 방탕한 기사는 유태인 고리대금업자에게 착취당하던 시대에, 교회와 국가, 즉 종교와 법은 유태인의 재산을 몰수하는 것이 기독교의 의무라며 그들을 약탈하였다. 무정(無情)함과 탐욕의 힘이 눈에 보이지 않는 소유권에 이끌려 우리 시대의 비열한 자본주의 체제를 만들면서 가난한 사람의 노동력을 빼앗고, 지구를 훼손하는가 하면 관대하고 자비로운 인간에게조차 피하기 어려운 저주로 작용한다. 종교와 법, 그리고 지성은 원래 타락, 낭비, 죽음이 아니라 복지, 절약, 생명을 지향하고 있기에 그들 자신이 결코 이러한 체제를 고안해내지는 않았을 것이다. 하지만 선의의 목적을 위해 사용한다는 미명 아래 사기나 폭력을 써서 이러한 세력을 탄압하는 데 추호의 망설임도 없었다. 그런데 교회와 법, 지성이 사람들을 착취하는 데 공동 보조를 취하자 특히 교회가 자기 본연의 역할에 불성실하다는 이유로 감정이 없는 다른 두 공범자들에 비해 심한 비난을 받을 수밖에 없다. 그러자 결국 법과 지성은 이탈리아나 프랑스에서 볼 수 있듯이, 희희낙락한 로게의 도움을 받아 신뢰를 잃은 동맹자를 공격해 교회를 착취하게 된다.

거인 형제가 프라이아를 끌고 돌아오자 신들은 다시 힘을 찾는다. 프라이아와 교환할 황금도 이미 준비됐다. 하지만 그들은 막상 프라이아와 헤어지려고 하니 생각만큼 황금에 마음이 끌리지도 않고 그녀를 놓아주기도 싫어진다. 해서 그들은 황금이 산더미같이 쌓여 황금밖에 보이지 않게 되면 즉, 황금이 인간다운 감정을 모두 차단하게 될 때에야 그녀를 놓아주겠다고 말한다. 하지만 그 많은 황금도 그러기에는 충분하지 않다. 교활한 로게가 황금을 아무리 잘 펼쳐놓아도 거인 파프너의 눈에는 아직도 프라이아의 반짝이는 머리카락이 보인다. 프라이아의 모습을 감추기 위해서는 마법 투구를 황금더미 위에 올려놓아야 한다. 하지만 파프너의 형 파졸트에게 여전히 갈라진 틈으로 그녀의 눈빛이 보이는 까닭에 그는 프라이아를 포기하지 못한다. 이제 남은 것은 반지뿐. 그것으로 틈새를 막아야 한다. 하지만 보탄이 알베리히 못지않게 반지를 자기 수중에 두고 싶어한다. 다른 신들은 프라이아가 반지 이상의 가치가 있다는 것을 보탄에게 설득하지 못한다. 왜냐하면 최고의 신에게 최고의 선은 사랑이 아니라, 새로운 생명을 출산하도록 모든 생물을 꼬드기는 우주적 희열이기 때문이다. 다시 말해 더할 나위 없는 경이로움과 무한한 가능성을 지닌 생명력만이 최고의 신이 경배할 수 있는 힘인 것이다. 보탄은 비옥한 대지의 목소리가 들려올 때까지 반지를 건네려 하지 않는다. 이 대지는 보탄, 난쟁이, 거인, 법, 거짓말 등이 존재하기 전부터 이 모든 것을 만들어내는 씨앗을 태내에 품고 있었다. 나아가 언젠가는 보탄을 대신해서, 그가 자신의 한쪽 눈을 희생하는 대가로 얻은 연합, 타협, 혼란 등의 고리를 끊어줄 만한, 자신보다 고차원적인 존재의 씨앗을 품고 있을지도 모른다. 보탄은 모든 생명의 위대한 어머니인 에르다가 자신의 거처인 대지 중심부에서 몸을 일으켜 반지를 양보하라고 경고하자 이 말을 따른다. 반지가 황금 더미 위에 올려지자 그제서야 프라이아가 거인들로부터 떨어져나온다.

이제 프라이아를 포기하는 엄청난 대가를 치르고 얻은 재물을 놓고 이 불쌍하고 어리석은 일꾼들이 과연 어떤 법에 의지해 이것을 공평하게 나누어 가질 것인가? 결국 그들은 몸에 붙은 습관에 따라 신에게 판결해달라고 부탁한다. 하지만 자신보다 더 뛰어난 존재에게만 마음이 동하는 보탄은 자기보다 못한 자들에게 혐오감을 느끼고 등을 돌린다. 결국 거인들은 야수들이 하는 식으로 결판을 본다. 파프너가 형 파졸트를 곤봉으로 때려죽인 것이다. 윗사람에게 배신당할 때까지, 난폭한 노동자나 정직한 동료들에 의해 바로 이런 방식으로 얼마나 많은 피를 흘렸는지를 잘 아는 자에게 이것은 실로 끔찍한 장면이 아닐 수 없다. 파프너는 전리품을 짊어지고 사라진다. 하지만 황금은 그에게 전혀 쓸모가 없다. 그에게는 황금으로 금권 제국을 만들 수 있는 재능도 야심도 없다. 그저 다른 사람에게 뺏기지 않는 것이 그의 유일한 목표다. 그는 손에 넣은 보물을 동굴에 집어넣고 마법 투구를 사용해 용으로 변한 뒤 마치 옥지기가 죄수의 노예가 된 것 마냥 보물을 지키는 데 일생을 바친다. 차라리 보물 따위는 전부 라인강에 던져버린 채 비록 금방 죽을지언정 최소한 잠시라도 태양 아래에서 즐길 수 있는, 그런 동물로 변하는 편이 훨씬 나았을 텐데……. 하지만 이런 경우는 너무 흔하기 때문에 그다지 놀랄 일도 아니다. 이 세상에는 인정 따위 나 몰라라 하고 미친 듯이 친구들까지 짓밟으면서 손에 부를 넣었으나 이를 눈곱만큼이라도 활용하지 못해 오히려 부의 비참한 노예가 된 인간들이 우글우글하다.

신들은 프라이아를 다시 찾은 기쁨에 파프너의 일을 금세 잊고 만다. 천둥의 신 도너가 바위 꼭대기로 날아올라가 목동이 양을 부르듯 구름을 불러 모으니 도너와 성의 모습이 어두컴컴한 구름장 속에 가려진다. 무지개의 신 프로도 서둘러 그를 따른다. 도너가 모루를 한 번 두드리자 사방에서 어둠을 가르며 번개가 내리친다. 하늘이 개자 마침내 성이 그 당당한 자태를 드러냈는데 프로가 계곡에 걸어놓은 무지개다리로 접근할 수 있을 것 같다. 이 영광스러운 순간, 보탄의 머리에 한 가지 위대한 생각이 떠오른다. 그의 마음속에 고상한 이념과 공명정대함, 질서와 정의로 통치하겠다는 뜨거운 열망이 있다고는 하나, 이러한 그의 이상을 자발적이면서 자연스럽게 또 무의식적으로 실현할 수 있는 종족이 아직 존재하지 않는다는 사실을 깨달은 것이다. 아울러 그 자신, 신이 자신의 세계상을 실현하기에 역부족이라는 것도 깨닫는다. 신들 중에서 가장 위대하다는 그조차 자신의 운명을 통제할 수 없었다. 그는 자기 의지에 반해 악들 사이에서 선택을 강요당해 불명예스러운 거래를 했고, 더더욱 수치스럽게도 그 거래를 깼으며, 불명예의 대가로 얻은 반지가 자신의 손아귀에서 빠져나가는 것을 보아야 했다. 반려자를 얻기 위해서 한쪽 눈을 잃었고, 성을 위해서는 감정을 포기해야 했다. 또한 이 두 가지를 지키기 위해 명예까지 잃었다. 어디를 봐도 족쇄에 얽매여 옴짝달싹 못하는 신세다. 프리카의 법과 로게의 거짓말에 의존하며 섬세한 수작업을 위해서는 난쟁이와, 힘을 쓰는 일을 위해서는 거인들과 거래를 하면서 양쪽 모두에게 가짜 돈을 지불해야 했다. 알고 보면 신도 불쌍한 존재다. 그런데 대지의 여신 에르다의 비옥함이 아직 고갈되지 않았다. 그녀에게서 태어난 생명은 더 고차원적인 생명체가 되기 위해 끊임없이 진화했다. 개구리나 용에서 난쟁이로, 곰이나 코끼리에서 거인으로, 난쟁이나 거인에서 사고 능력과 세계에 대한 이해와 이상을 가진 신으로 진화했다. 그렇다면 여기서 멈출 이유가 어디 있을까? 신에서 영웅으로 진화하지 못할 이유가 어디 있단 말인가? 무력했던 신의 생각이 실제적인 의지와 생명으로 나타나는 존재, 프리카의 법과 로게의 거짓말을 뛰어넘어 곧바로 진실과 실질에 도달할 수 있는 존재, 거인을 제압하는 힘과 난쟁이를 능가하는 재기를 겸비한 자로 진화하지 못할 이유가 어디 있을까? 그렇다, 태초의 어머니 에르다는 또 한 번 산고의 아픔을 겪어야 한다. 보탄과의 사이에서 영웅족을 낳아 그의 제한된 힘과 불명예스러운 거래에서 그와 세계를 해방시켜야 한다.

그가 무지개다리로 향하면서 아내를 불러 신들의 성 발할라에서 함께 살자고 할 때 바로 이러한 생각이 보탄의 뇌리를 스치고 지나갔다.

로게만 빼고 모든 신들이 발할라의 웅장한 모습에 압도당한다. 그는 '신성함'과 '합법성'이 공동 전선을 취하며 통치하는 이면에 숨겨진 진실을 잘 알고 있다. 따라서 그는 신들의 이상이나 황금 사과를 우습게 본다. '이런 하찮은 작자들과 거래를 했다는 것은 나의 수치다'라고 혼잣말을 하며 그는 그들의 뒤를 따라 무지개다리로 향한다. 하지만 그들이 다리에 발을 올려놓자, 눈 아래 강에서 라인의 처녀들의 구슬픈 탄식 소리가 들려온다. 로게가 "너희들이 강물 아래 있구나.

그동안 너희들은 황금의 반짝임을 즐기면서 지내왔다. 그러나 이제부터는 장엄한 신들의 은혜를 받으면서 살게 될 것이다!"라고 잔인하게 비꼬는 말을 내뱉는다. 라인의 처녀들은 "어두운 강바닥이야말로 진실이 있는 곳. 저 위에서 빛나는 것은 모두가 거짓과 허위일 뿐!"이라고 응수한다. 이 말을 들으며 신들은 웅장하고 화려한 성채 안으로 들어간다.

제2장
혁명가로서의 바그너

〈라인의 황금〉에 대한 설명을 마치기 전에 독자들에게 좀더 설명할
것이 있다.

〈라인의 황금〉은 〈니벨룽의 반지〉 4부작 가운데 가장 인기가 없는 부
분이다. 왜냐하면 가정적, 개인적인 문제에 한해 희로애락을 느끼고 종
교나 정치에 대한 관념이 관습적, 미신적인 사람들에게는 〈라인의 황
금〉의 극적 중요성이 의식할 수 있는 범주를 넘어서고 있기 때문이다.
그런 사람들에게 이 작품은 옛날이야기에 나오는 대여섯 명의 인물들
이 반지 하나를 놓고 싸우면서 몇 시간 동안 서로 야단치고 속고 속이
는 이야기요, 침울하고 불쾌한 음악이 흐르는 가운데 어두침침하고 음
침한 광산을 배경으로 펼쳐지는 지루한 장면이며, 멋진 청년이나 예쁜
여자는 약에 쓰려고 해도 찾을 수 없는 작품일 뿐이다. 보다 열린 의식

을 지닌 관객들만이 그 안에 담긴 인류 역사의 총체적 비극과 오늘날 세계를 위축시키고 있는 딜레마를 파악하면서 숨을 죽인 채 스토리를 따라갈 수 있다. 언젠가 바이로이트에서 한 무리의 영국인 관광객이 알베리히의 지루한 대사에 견디다 못해 결국 제3장이 한참 진행되는 중간에 어두운 객석에서 일어나 소나무 숲의 햇살 아래로 빠져나가는 것을 본 적이 있다. 물론 이 장면에 푹 빠져 있던 다른 관객들은 그들의 방해를 받고 몹시 분개하였다. 하지만 운수 사나운 관광객이 그런 행동을 한 것도 어찌 보면 무리는 아니다. 왜냐하면 서막에 해당하는 〈라인의 황금〉에는 막간에 도망칠 수 있는 기회가 없기 때문이다. 대체로 말해서 머릿속에 생각이 없는 사람이나 철학자나 정치가에 대해 조금도 관심이 없는 사람은 〈라인의 황금〉을 드라마로 즐길 수 없다고 하겠다. 때로는 장려하고 눈부시기까지 한 특별히 아름다운 몇몇 음악을 듣다 보면 알베리히와 보탄의 지루한 말싸움으로부터 어느 정도 벗어나 즐거움을 느낄 수도 있다. 하지만 세계를 이해하는 능력만큼이나 음악을 이해하는 능력이 부족한 사람이라면 차라리 〈라인의 황금〉을 보러 오지 않는 편이 낫다.

자, 현명한 독자 여러분, 내가 이렇게 이야기하면 분명 어떤 아둔한 사람은 내 말꼬리를 자르면서 〈라인의 황금〉은 단지 순수한 '예술 작품'일 뿐이요, 바그너가 주주나 추기경이나 납 공장, 또는 사회적·인도적 관점에서 바라본 산업이나 정치 문제 등에 대해서는 꿈에도 생각하지 않았다고 나설 것이다. 이런 건방진 작자들과 왈가왈부하느니 차라리 바그너의 인생을 설명해서 그들의 입을 다물게 하는 편이 낫다. 바그너는 1843년에 연금과 더불어 연봉 225파운드를 받고 드레스덴 궁정 오페라 극장의 지휘자 자리에 올랐다. 이는 작센주의 공직(公職)으로 평생 동안 직위와 생계를 보장받을 수 있는 일급 종신직이었다. 혁명이 일어났던 1848년, 불만이 쌓여있던 중산 계급은 여론의 호소를 통해서는 당시 정교(政敎) 일치 정부로 하여금 관습, 계급 제도, 법의 속박으로부터 벗어나 자유주의적 개혁으로 돌아서게 하는 것이 불가능하다는 것을 알자 빈민층 임금 노동자들과 손을 잡고 무장 폭동을 일으킨다. 그리고 다음 해인 1849년, 이 봉기는 드레스덴에도 영향을 미친다. 많은 비평가나 애호가들이 예술가를 단순한 음악적 쾌락주의자나 정치적 중도주의자—즉, 그들 자신과 비슷한 모습을 지닌 존재—로 생각하고 있다. 하지만 만일 바그너가 이런 부류의 예술가였다면, 1832년에 일어난 영국 개혁 운동에 주교가 동참하지 않았거나, 스턴데일 베넷이 차티스트 운동*이나 자유무역 운동에 참여하지 않았던 것처럼 그 역시 주변의 정치 투쟁에 몸을 던질 필요가 없었으리라. 하지만 바그너는 우선 국왕에게 탄원해 과거의 굴레에서 벗어나 진정한 왕권을 확립하고 시대의 요구에 부응해 국민의 고충을 시정해달라고 호소했다. (그 말을 듣고 불쌍한 왕이 느꼈을 감정을 상상해보라!) 그러다가 폭동이 일어나자 부자들과 불의에 등을 돌리고 가난한 자들과 정의의 편에 섰다. 폭동이 진

---

* 19세기 중엽에 영국의 노동자계급을 중심으로 전개된 보통 선거권 요구 운동

압되자 세 명의 주도자가 지명 수배되었다. 바그너의 옛 친구로 바그너가 그 유명한 편지들을 써서 보낸 아우구스트 레켈*과 훗날혁명적 무정부주의 선구자로 유명해진 바쿠닌*, 그리고 바그너 자신이었다. 결국 바그너는 스위스로 도망쳤고, 레켈과 바쿠닌은 긴 투옥 생활을 하게 되었다. 물론 이 일로 인해 바그너는 경제적, 사회적으로 완전히 파멸했고(자신에게는 커다란 안도감과 만족감을 주었지만), 12년 동안 긴 망명 생활을 했다. 처음에 그는 파리에서 〈탄호이저〉를 공연하려고 생각했다. 그리고는 파리 사람들에게 자신의 의도를 설명하기 위해 〈예술과 혁명〉(1849)이라는 팸플릿을 썼는데, 이것을 한 번 읽어보면 그가 혁명의 사회주의적 측면에 얼마나 강하게 공감하고, 당시 교회의 영향력으로부터 얼마나 자유로웠는지를 잘 알 수 있다. 그는 3년에 걸쳐 팸플릿을 쓰며—그 중에는 규모나 지적 수준으로나 매우 훌륭한 논문도 있지만 기본적으로는 타고난 선동가의 선언문이라고 하겠다—사회의 진보, 종교, 생명, 예술, 부의 영향에 대해 논했다. 1853년에 〈니벨룽의 반지〉의 대본이 자비 부담으로 출판되었고 드레스덴 봉기로부터 5년 뒤인 1854년에는 〈라인의 황금〉 스코어가 마지막 드럼 소리까지 완벽하게 완성되었다.

오늘날 이러한 사실은 바그너를 '정치적 위험인물'이라고 규정한 독일의 공식 기록에 남아 있으니 참고하면 되겠다. 한편 그 팸플릿들은

---

* August Roeckel, 1814~1876, 독일의 음악가·정치 활동가. 바그너의 친구
* Mikhail Aleksandrovich Bakunin, 1814~1876, 러시아 혁명가, 무정부주의 지도자, 인민주의 지도자

엘리스가 훌륭하게 번역해놓은 덕에 영국 독자들도 읽을 수 있게 되었다. 따라서 만일 누군가가 내가 사회주의자라는 말을 듣고서 〈라인의 황금〉에 대한 나의 해석을 두고, 오페라를 만들기 위해 옛날 무용담에서 하찮은 이야기를 빌려 온 딜레탕트*의 작품 속에 무리하게 "나 자신의 사회주의"를 투영한 것이라고 말한다면, 그를 무식한 사람으로 간주하고 무시해도 전혀 문제될 것이 없다.

자, 이제 〈라인의 황금〉이 우화(寓話)라는 사실을 알았다면, 드라마적 재능이 없는 사람의 손에 걸리는 경우─이 경우 우화는 읽을 가치가 없는 것이 된다─를 제외하고는 우화가 결코 일관성을 지니고 있지 않다는 점을 잊지 말아야 한다. 어떤 사상을 드라마로 만드는 방법은 단 하나밖에 없는데, 바로 그 사상에 푹 빠진 인물을 무대 위에 세우는 것이다. 하지만 그 인물은 어디까지나 인간적인 욕구를 가진 자로, 우리와 비슷하게 느껴져서 우리의 흥미를 끄는 존재여야 한다. 버니언은 〈천로역정〉(1678~1684)에서 무식한 모방자들처럼 기독교 신앙이나 무용담을 의인화하지 않고 기독교도이자 용감한 인간의 삶을 드라마로 표현했다. 이와 마찬가지로 나는 지금까지 보탄을 신이자 왕으로, 로게를 삶의 의지가 없는 논리와 상상력(속되게 말하자면 심장이 없는 뇌)이라고 말했지만, 사실 드라마 속 보탄은 신앙심이 깊은 도덕적 남자고 로게는 기지가 넘쳐흐르고 영리하며 상상력이 뛰어난 시니컬한 존재다. 한편

---

* 아마추어 예술가, 평론가 혹은 취미 위주의 예술·학문 애호가, 호사가

프리카는 국가법을 대표하는 인물이지만 〈라인의 황금〉에서는 그런 우의적인 성격은 전혀 드러나지 않고 단지 보탄의 아내, 프라이아의 언니일 뿐이다. 뿐만 아니라 프리카는 보탄의 악행을 묵인함으로써 자신의 우의적 성격과 모순되는 모습을 보여준다. 하긴 이것이야말로 국가법의 실상이기는 하지만……. 그렇지만 이것 때문에 우의가 있다고 해석하면 안 된다. 다음 이야기인 〈발퀴레〉에 다시 등장하고 나서야 프리카는 비로소 자신의 우의적 역할을 분명히 한다.

한편 선입견을 갖지 않도록 미리 주의를 받거나 원래 선입견이 없는 사람이 아닌 이상, 관객을 터무니없이 곤혹스럽게 하는 점이 또 하나 있다. 전통적인 창조의 서열을 보면 선악 여부를 떠나서 반드시 초자연적인 존재가 인간보다 위대하다고 되어 있다. 하지만 바그너가 채택한 현대의 인본주의적인 서열에서는 인간이 최고의 자리를 차지한다. 〈라인의 황금〉의 경우 아직 지상에 인간이란 존재가 없는 것으로 설정되어 있다. 난쟁이와 거인, 그리고 신들이 등장할 뿐이다. 그 바람에 적어도 신들이 인간보다 서열이 높을 것이라는 성급한 결론을 내릴 위험이 있다. 하지만 이와는 반대로 세계는 불완전하고 불충분한 신들의 통치로부터 자신을 구원해줄 인간을 기다리고 있다. 일단 이 사실만 이해하면 〈라인의 황금〉의 우의는 간단하기 짝이 없다. 난쟁이, 거인, 신이 인간의 중요한 세 유형을 대표한 것임은 두말하면 잔소리. 즉, 난쟁이는 본능적이고 남을 약탈하고 음탕하며 탐욕스러운 인간, 거인은 인내심 강하고 열심히 일하며 공손하나 어리석은 배금주의자, 마지막으로 신은 지적이고 도덕적이고 재능이 있어 국가와 교회를 세우고 지배하는 사람을 나타낸다. 역사를 보면 이들 셋 중 최고의 존재, 즉 신보다 더 높은 단계에 있는 것은 오직 하나밖에 없음을 알 수 있는데, 바로 다름 아닌 영웅의 자리다.

이로써—아마 상상도 해보지 않았겠지만—만약 다음 세대 영국인이 모두 율리우스 카이사르로 이루어진다면 영국의 정치, 교회, 도덕 체제는 소멸될 것인 바, 이들과 함께 붕괴되지 않고 남은 것들은 스톤헨지나 환상열석이나 원주(圓柱)와 더불어 불가사의한 과거 사회 제도의 유적으로 분류될 것이 분명하다. 영국왕립협회 회원이 시골 신사에게 모자를 벗고 공손히 인사하거나 마을 부목사의 설교에 귀를 기울이지 않는 것처럼 율리우스 카이사르들 또한 현재의 규칙이나 교회 등에 구애받지 않을 것이다. 지금까지 그래 온 것처럼 앞으로도 고차원적인 형태로 끊임없이 생명이 진화한다면 언젠가는 이 세상도 반드시 그렇게 되리라. 호주의 부시맨 눈에 비친 영국의 지식층 직업인의 모습이나 율리우스 카이사르의 눈에 비칠 미래 일반인의 모습이나 괴상한 걸로 치면 피장파장일 것이다. 만약 중년의 나이에 이른 사람이, 불과 한 세대 전에 당신 부모가 보편적이라고 생각했던 신조에 어떤 변화가 일어났는지, 그리고 당신이 젊었을 때 품었던 회의주의나 신성 모독에 어떤 변화가 일어났는지를 생각해본다면(존 콜렌조 주교가 모세 5경의 신빙성에 의문을 품었던 것이 그 좋은 예다!) 오늘날의 야만적인 신학이나 대부분의 법률이 미래 사람들에게는 없어도 그만일 것이라는 사실을 깨닫게 되리

라. 1849년에 바그너가 행동을 같이했던 드레스덴 봉기 주도자 바쿠닌은, 후에 종종 어처구니없을 정도로 조심스레 인용되는 자신의 저서에서 인간의 의지가 스스로 자유롭게 진화할 수 있도록 종교, 정치, 사법, 재정, 법제, 교육 등 모든 조직을 폐지해야 한다고 주장했다. 당시 고결한 사람들은 인간을 끌어올려 자존심을 세워주기 위해 전력투구하였다. 아울러 사람들이 자신의 상상력으로 만들어낸 이상 앞에서 자신을 비하하거나, 자신 안에 있는 무한한 생명의 에너지로 생겨난 선(善)을 저 높은 곳에 있는 어떤 위대한 존재 덕이라고 생각하거나, 자신의 소심함을 정당화하기 위해 자기 희생을 맹목적으로 숭배하는 습관을 떨쳐버리라고 촉구하였다.

나아가 〈니벨룽의 반지〉에 이러한 영웅이 등장해서 난쟁이, 거인, 신들의 시대에 막을 내리는 것을 볼 수 있다. 바그너에게 있어 신성은 나약함과 타협을, 인간다움은 강인한 힘과 완전성을 의미한다는 사실을 잊지 말자. 무엇보다도 다음 사실을—앞으로의 전개를 이해하는 데 열쇠가 되는 것이므로—이해해야 한다. 즉, 신(보탄)은 더욱 고차원적이고 온전한 생명을 원했기에 자기보다 강력한 힘이 도래하기를 마음속 깊이 바라고 있다. 그런데 그 힘이, 아직 보탄은 모르고 있지만 가장 먼저 보탄 자신의 몰락을 초래할 것이다.

이러한 원대한 구상 아래, 바그너가 자신의 타고난 무대 전문가적 기질을 최대한 발휘해서 지금 보면 시대에 뒤처지고 과장된 무대 효과를 마치 최고의 영감인 양 온갖 정성을 다 들여 도입한 것을 보면 우습기 짝이 없다. 보탄이 알베리히에게서 반지를 빼앗자 난쟁이는 피마저 얼어붙을 듯한 으스스한 저주를 퍼부으며 앞으로 반지를 갖게 되는 자에게 불안, 공포, 죽음이 내리기를 기도했다. 이렇게 격앙된 감정과 함께 등장하는 음악은 19세기 중반을 살던 사람들의 귀에 틀림없이 화성과 선율 상의 재앙이었겠지만, 그래도 시간이 흐르자 그런 느낌은 사라졌다. 이 음악은 파프너가 파졸트를 살해할 때, 그리고 이후로도 반지가 자기 주인에게 죽음을 가져다주는 장면이면 어김없이 등장한다. 이는 무대 효과를 노린 것이라고밖에 할 수 없다. 좀더 잘 생각해보면 그런 장면마다 나오는 똑같은 음악은 관객을 곤혹스럽게 만드는 쓸데없는 군더더기에 지나지 않을 뿐이다. 부의 추구가 파멸을 초래한다는 사실은 굳이 이를 설명하는 난쟁이의 저주를 요하지 않기 때문이다. 아울러 알베리히에게 비현실적인 힘(반지에 저주를 건 것)을 준 것도 하나도 의미가 없다.

제3장
발퀴레

〈발퀴레〉의 막이 오르기 전에 〈라인의 황금〉의 막이 내려진 후 무슨 일이 일어났는지 한번 살펴보자. 물론 막이 오르면 등장인물들이 알려 주겠지만, 독일어를 모르는 사람들에게는 '그림의 떡'일 테니까.

　보탄은 아내 프리카와 함께 여전히 거인이 세운 성에서 득의양양하게 세계를 지배하고 있다. 하지만 이런 상태가 계속되리라는 보장은 없다. 알베리히가 언제 어느 때 반지를 되찾으려는 책략을 꾸밀지 모르는 데다, 만약 그렇게 되면 그가 사랑을 포기한 대가로 얻은 반지의 힘을 마음껏 사용할 수 있기 때문이다. 사랑을 포기하는 것이 보탄에게는 불가능한 일이다. 그가 가장 필요로 하는 것이 사랑이라고는 말할 수 없지만 그래도 황금보다는 중요하다. 사랑이 없으면 그는 더이상 신일 수 없다. 게다가 앞에서도 나왔듯이 그의 권력은 형벌로 강화된 법체계로 확립되어 있는데, 그 자신도 이 제도에 얽매여야 한다. 왜냐하면 신이 자신이 만든 법을 어기게 되면 합법성과 법의 준수가 모든 행위의 최고 원칙이 아니라는 사실을 만천하에 드러내는 셈이 되는데 이는 제사장이요, 입법자라는 자신의 권위에 치명상을 입히기 때문이다. 그러므로 설령 그 자신이 사랑을 포기할 수 있다 하더라도 파프너에게서 불법적으로 반지를 빼앗아오는 일은 없을 것이다. 이런 불안 속에서 그는 영웅 호위단을 구성할 생각을 떠올린다. 자신의 사랑스런 딸들을 여전사(발퀴레)로 훈련시킨 후 전쟁터에 보낸 다음, 거기에서 죽은 자들 중 가장 용감한 남자들을 발할라로 데려오도록 한다. 이렇게 일군의 전사들에 힘입어 권력을 보강하는 한편 보탄은 최고의 변론가인 로게의 도움으로 그들의 머릿속에 법과 의무, 초자연적인 종교와 자기 희생의 이상주의라는 관습적인 체제를 주입시킨다. 그들은 이런 것들이 보탄의 신성(神性)의 핵심이라고 믿지만 사실 이것들은 권력에 대한 사랑을 밑받침하는 도구적 장치에 불과한 것으로, 보탄의 치명적인 약점이기도 하다.

어쨌든 이러한 일련의 과정을 통해 보탄의 지배 체계에 대한 그들의 헌신이 확보된다. 하지만 도덕적으로 아무리 그럴듯해 보인다 하더라도 보탄은 이러한 체제가 자비로운 독재자보다 이기적이고 야심만만한 폭군에게 유리하다는 것을 알고 있다. 또한 그렇기 때문에 만약 알베리히가 반지를 되찾는다면 발할라 매수 작전을 진행하지 않더라도 손쉽게 발할라를 능가하리라는 것을 잘 안다. 따라서 지금의 안정을 영원히 유지하는 방법은 딱 하나, 이 세상에 영웅이 나타나 자신의 불법적인 선동을 받지 않고도 알베리히를 퇴치하고 파프너에게서 반지를 빼앗아 오는 수밖에 없다. 보탄은 영웅이 신에 대적하는 세력이라는 생각을 아직 못하고 있기에 이렇게만 되면 걱정할 일은 없을 거라고 생각한다. 구원자를 간절하게 바란 나머지 영웅이 등장했을 때 그 영웅이 처음으로 하는 일이 다름 아닌 자신들 앞에 놓인 신들과 그들의 법 체계를 일소하는 것이리라고는 꿈에도 생각하지 못하고 있다.

사실 그는 자신의 신성 속에 영웅성의 싹이 있고, 자신에게서 영웅이 태어날 것이라고 생각한다. 그리하여 그는 아내 프리카와 발할라를 떠나 사랑을 찾아 헤매기 시작한다. 그러다가 태초의 어머니 에르다를 찾아가 영원히 풍요로운 그녀의 자궁을 통해 처음 그를 신으로 만들어준 진정한 내면의 관념을 자신의 딸로 낳는다. 그녀는 그의 야망에 의해 타락하지도 않았고 또 권력의 수단이나 자신이 프리카 및 로게와 맺은 동맹에 구속되어 있지도 않다. 이 딸 발퀴레, 브륀힐데는 그의 참된 의지이자, 진정한 자기 자신(자신이 생각한 대로의)의 분신이다. 그녀에게는 남들에게 해서는 안 될 말을 해도 괜찮은데 이는 그녀에게 말을 하는 것이 곧 자기 자신에게 말하는 것이기 때문이다. 그가 딸에게 말한다. "지금부터 내가 하는 이야기는 죽을 때까지 비밀이다. 너니까 말해준다. 너에게 이야기하는 것은 나한테 이야기하는 것과 마찬가지니까."

하지만 브륀힐데와 짝지어줄 보탄 종족의 남자가 없으면 그녀에게서 영웅은 태어나지 못한다. 계속 방랑하는 보탄. 결국 한 여자와의 사이에 쌍둥이 남매를 낳는다. 그 중 딸은 숲 속 부족의 손에 떨어뜨림으로써 남매를 갈라놓는다. 그리고 적당한 시기가 되자 딸은 그 부족의 수령인 훈딩의 아내가 된다. 한편 보탄은 남은 아들과 함께 야수와 같은 생활을 하면서 신이 가르칠 수 있는 유일한 힘, 행복 없이도 어떤 일을 행할 수 있는 힘을 가르친다. 이 가공할 만한 수련이 끝나자 보탄은 아들을 버리고 딸 지클린데와 훈딩의 결혼식장으로 향한다. 푸른색의 방랑자 망토를 걸치고 넓은 차양으로 잃어버린 한쪽 눈을 가린 채 그가 훈딩의 성에 나타나는데 그 성의 가운데 기둥은 거대한 나무로 이루어져 있다. 보탄은 말 한마디 없이 그곳으로 다가가더니 거기에다 오로지 영웅만이 뽑을 수 있도록 칼을 칼자루 끝까지 찔러 넣는다. 그리고는 들어올 때와 마찬가지로 아무 말도 없이 그곳을 떠나는데, 신의 무기고에 있는 무기로는 진정한 '인간 영웅'을 만족시킬 수 없다는 사실을 미처 알지 못한다. 훈딩도, 손님 중의 그 누구도 칼을 빼지 못하고, 칼은 그대로 기둥에 꽂힌 채 운명의 손을 기다린다. 이것이 바로 〈라인의 황금〉과 〈발퀴레〉 사이에 일어난 사건들이다.

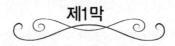

제1막

기대에 부풀어서 막을 보고 있노라면 이번에는 라인강의 낮은 으르렁거림과는 달리 숲에 내리는 빗소리가 몰려오는 폭풍우 소리와 함께 들려온다. 그러면서 이내 포효하듯 울려퍼지다가 급기야 몰아치는 천둥 번개로 막을 내린다. 이렇게 폭풍우가 지나가고 막이 오르면 숲 속의 집에 누가 사는지 금방 드러난다. 한가운데 있는 기둥은 큰 나무로 되어 있으며, 흉포한 수령의 거처로 딱 어울리는 장소다. 이때 문이 열리면서 기진맥진한 남자가 비틀거리며 걸어 들어오는데 그로 말하면 '불행의 학교' 졸업생이다. 난롯가에 쓰러진 남자를 발견한 지클린데. 남자는 지클린데에게 자신이 전쟁터에 나갔다가 무기가 자신의 팔 힘만큼 강하지 않아서 결국 부서지고 말아 도망쳐야 했다는 이야기를 들려준다. 그가 원하는 것은 무얼 좀 마시고 잠시 동안 쉬었다가 떠나는 것이다. 그는 자신이 불운한 인간이기 때문에 행여 자신을 도와준 여인에게 자신의 불운이 전염되지 않을까 두려웠다. 하지만 이내 그녀 또한 불행한 여자라는 사실을 알게 되고, 두 사람 사이에는 강한 공감대가 싹튼다. 이때 돌아오는 여인의 남편. 그는 두 사람 사이에 싹튼 공감대는 물론이고 그들의 생김새가 서로 비슷하고 두 사람 모두 용같이 번뜩이는 눈빛을 지녔음을 눈치 챈다. 테이블에 둘러앉은 세 사람. 손님이 자신의 불운한 신세를 털어놓는다. 그는 사실 보탄의 아들이지만, 자신의 아버지가 볼숭족의 볼펑이라는 것밖에 알지 못한다. 그가 기억하는 것이라고는 어느 날 아버지와 사냥에서 돌아와 보니 집은 불타 버리고 어머니는 살해당했으며 쌍둥이 여동생은 누군가에게 끌려갔다는 사실뿐이다. 이 모든 것이 나이딩족의 짓이란 사실을 안 그와 그의 아버지는 나이딩족과 무자비한 싸움을 벌인다. 그런데 아버지가 텅 빈 늑대 가죽만 남긴 채 아무 흔적도 없이 사라져버린다. 이렇게 해서 이 젊은 이는 천애 고아가 된다. 대부분의 사람들이 그에게 적대감을 보이고 있으며 그는 자신이 친구들에게조차 행운을 가져다주지 못함을 깨닫는다. 그가 마지막으로 한 일은 싫다는 여동생을 억지로 시집보내려는 오빠들을 살해한 일이다. 그 결과 여자는 오빠 친족들의 손에 의해 살해당하고 그는 겨우 목숨만 건져 도망쳤다고 한다.

그런데, 그는 자신이 생각한 것보다 훨씬 운수가 사나웠다. 그가 난을 피해 들어와 난롯가에서 쉬고 있는 바로 이 집의 주인 훈딩이 다름 아닌 살해된 오빠들의 친족으로, 원수를 갚으려고 단단히 벼르고 있었던 것이다. 훈딩은 남자에게 무기가 있든 없든 내일 아침 결투를 하자고 말한다. 그리고 아내를 침실로 내몬 후 창을 들고 그 뒤를 따른다.

지지리도 운이 없는 나그네! 그는 난로 옆에서 곰곰이 생각해본다. 그가 믿을 것이라고는 아버지가 예전에 한 약속, 정말로 필요한 때 무기를 찾을 수 있으리라는 말밖에 없다. 사그라들던 난로의 마지막 불꽃이 나무에 꽂힌 칼의 황금 칼자루에 튀지만 그는 그것을 보지 못하고 타다 남은 불꽃은 어둠 속에 묻혀버린다. 그때 여자가 돌아온다. 그녀가 약을 먹여서 훈딩을 재워 놓았으니 안전하다고 말한다. 그녀는 예전 자신의 강제 결혼식 날 식장에 나타났던 외눈박이 남자와 칼에 대해 말해준다. 항상 기둥에 박힌 칼을 멋지게 뽑아내는 영웅에 의해 자신의 비극이 끝나리라 생각해왔다고 그녀는 말한다. 나그네는 자신의 행운에 대해서는 자신이 없어도, 자신의 힘과 숙명에 대해서는 털끝만큼도 염려하지 않았다. 그는 당장 여인에게 사랑을 고백하고 밤과 계절의 마법에 자신을 내맡긴다. 때는 바야흐로 초봄이었으니……. 서로 흉금을 털어놓고 이야기하다 얼마 지나지 않아 여인이 다름 아닌 약탈당한 쌍둥이 여동생이라는 사실을 깨닫게 된다. 그는 영웅족인 볼숭족의 대가 끊기거나, 비천한 종족에 의해 타락하지 않았다는 사실을 알고 날아갈 듯이 기뻐한다. 그는 그 칼을 노퉁(필요)이라고 부르면서 기둥에서 뽑아들더니 신부에게 선물로 바친다. 그리고 "이 오빠에게 너는 신부이자 누이동생이로다. 볼숭족의 혈통이여, 활짝 피어나라!"라고 외치고는 봄이 데려다준 반려자를 껴안는다.

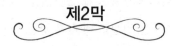

제2막

여기까지는 보탄의 계획대로 착착 진행된 것 같다. 그는 태초의 어머니 에르다와의 사이에 둔 딸, 여전사 브륀힐데를 바위산으로 불러내 곧 다가올 전투에서 훈딩이 패배하도록 처리하라고 명령한다. 하지만 그는 계획을 세울 때 아내 프리카의 존재를 잊고 있었다. 법 체계인 그녀가 근친상간의 불륜을 저지른 이 남매를 보고 뭐라 할 것인가? 영웅이라면 법에 대항해서 자신의 의지를 법 대신으로 삼으려 할 것이다. 하지만 신들의 권력은 오직 법에 의해서만 유지될 수 있는데 어떻게 신이 그를 결백하다고 할 수 있을까? 프리카는 공포로 몸을 떨며 본능적으로 끓어오르는 분노에 차서 목청 높여 처벌을 요구한다. 보탄은 발할라 호위단을 유지하려면 영웅을 격려할 필요가 있다고 구차한 변명을 하지만, 오히려 프리카로부터 세계를 방랑하면서 법을 어기고 여전사들에다가 늑대 같은 자식까지 낳는 등 불성실한 짓거리를 하고 다녔다고 엄청나게 질책당한다. 논쟁은 그의 완패로 끝난다. 그가 이 '늑대 영웅'을 만들어냈을 때 신들의 종말이 이미 시작되었다는 프리카의 말은 절대적으로 옳다. 그녀는 이제, 자신들의 존재를 지키기 위해 영웅을 멸망시키라고 무자비하게 요구한다. 하지만 보탄에게는 이를 거부할 힘이 없다. 실제로 세계를 지배하는 것은 그의 생각이 아니라 프리카의 감정이 들어 있지 않은 힘이기 때문이다. 그는 브륀힐데를 불러들여 자신이 내렸던 명령을 거두고 대신 훈딩이 볼숭을 살해하도록 명령한다.

하지만 또다른 문제가 있었으니……. 브륀힐데는 신성한 보탄의 내면적 관념과 의지이며, 좀더 고차원적인 생명을 추구하는 열망 그 자체로, 정치적 권력을 위해서 신이 왕권이나 사제(司祭)권에 의지해 잘못을 저질렀을 때에만 신으로부터 분리되어 나온다. 지금까지 브륀힐데는 발퀴레이자 영웅의 선택자로서 보탄에게 절대적으로 복종하면서 그의 왕국에서 자신의 사명이 가장 성스럽고 용감한 것이라고 여겼다. 그런 그녀에게 보탄이 프리카에게는 말할 수 없었던 이야기—아니, 브륀힐데의 말대로 그녀가 그의 마음 자체가 아니었더라면 그녀에게도 말할 수 없었던 사정— 즉, 알베리히와의 사이에 벌어진 모든 일과 영웅을 육성하려는 구상에 대해 말해준다. 그녀는 보탄의 생각에 전적으로 찬성한다. 하지만 이야기가 끝날 무렵 브륀힐데는 그녀도 프리카의 말에 복종해서 그녀의 부하인 훈딩을 도와, 영웅 육성의 위대한 사명을 포기하고 영웅을 죽여야 한다는 보탄의 말을 듣고 처음으로 아버지의 명령에 따르기를 주저한다. 그러자 절망감으로 격분한 보탄이 딸을 무시무시하게 협박해서 결국 그녀를 꺾는다.

그때 볼숭족 지크문트가 자신의 누이동생이자 신부의 뒤를 따라 등장한다. 지클린데는 자신이 영웅을 치욕으로 이끌었다는 사실에 공포를 느끼고 산속으로 도망쳤던 것이다. 그녀가 탈진해서 의식을 잃고 그의 품 안에 누워 있을 때 브륀힐데가 나타나 그에게 지금 당장 자기와 함께 이곳을 떠나야 한다고 엄숙하게 경고한다.

지크문트가 묻는다.

"어디로 가게 되죠?"

"발할라, 영웅들 사이에서 그대 자리를 차지하기 위해."

그가 또 묻는다.

"거기서 아버지를 찾을 수 있을까요?"

"그렇다."

"거기서 아내를 구할 수 있을까요?"

"물론이지. 아름다운 처녀들이 그대를 시중들어줄 것이다."

"거기서 동생을 만날 수 있나요?"

"아니."

그러자 지크문트가 선언한다.

"그럼 저는 당신과 함께 가지 않겠습니다."

브륀힐데는 그에게 선택의 여지가 없다는 사실을 이해시키려고 하나 영웅인 그는 설득당하지 않는다. 그에게는 아버지의 칼이 있고 훈딩이 두렵지도 않다. 하지만 그는 브륀힐데가 자기 아버지가 있는 곳에서 왔고, 신의 칼이 영웅에게는 전혀 쓸모없다는 이야기를 듣자 자신의 운명을 받아들인다. 단, 자기와 누이동생의 운명은 자신의 손으로 결정한다며 누이동생을 살해한 후 자기도 그 칼로 찌르겠다고 한다. 즉, 발할라로 가기보다는 차라리 지옥으로 가겠다는 뜻이다.

이 영웅과 프리카의 부하 사이의 싸움에서 이제 브륀힐데는 누구 편을 들어야 하는 걸까? 본능에 따라 그녀는 곧바로 보탄의 명령을 과감하게 떨쳐버리고 훈딩과의 일전에 임하는 지크문트를 격려하면서 그 싸움에서 자신의 방패로 그를 지켜주겠노라고 약속한다. 얼마 지나지 않아 훈딩의 피리 소리가 들려온다. 그러자 지크문트도 즉시 전의(戰意)가 달아오른다. 마침내 훈딩과 지크문트가 맞서고 발퀴레의 방패가 영웅 앞에 놓인다. 하지만 지크문트가 적을 향해 날린 칼이 갑자기 둘 사이에 나타난 보탄의 창에 부딪혀 두 동강이 난다. 이리하여 영웅족 최초의 인간은 법의 부하의 무기에 가슴을 관통당한 채 땅바닥에 쓰러진다. 브륀힐데는 부서진 칼의 파편을 움켜쥐고는 지클린데와 함께 자신의 말을 타고 사라져버린다. 극심한 분노에 휩싸인 보탄은 손을 흔들어 훈딩의 숨통을 끊어버리고 자신의 명령을 거역한 딸의 뒤를 쫓는다.

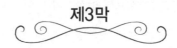

제3막

바위산 정상에서 네 명의 발퀴레가 동료들을 기다리고 있다. 얼마 지나지 않아 다른 자매들도 각각 전쟁터에서 거두어들인 살해당한 영웅을 말안장에 태워 하늘을 달려 돌아온다. 그런데 마지막으로 도착한 브륀힐데는 전리품으로 살아있는 여자를 데리고 온다. 여덟 명의 자매는 브륀힐데가 보탄의 명령을 거역했다는 말을 듣자 감히 그녀를 도와주지 못한다. 브륀힐데는 지클린데에게 자신의 몸을 아끼라고 격려하면서, 그녀의 태내에 영웅의 씨가 자라고 있으니 어떤 역경도 참고 견디라고, 그리고 무슨 일이 있어도 유산하면 안 된다고 말한다. 이 말을 들은 지클린데는 황홀한 기쁨에 넘쳐 칼의 파편을 받아들고 숲으로 도망간다. 그때 보탄이 등장한다. 자매들은 보탄의 엄명이 두려워 도망쳐버리고, 그와 브륀힐데 둘만 남게 된다.

자, 여기서 보탄이 미처 예상하지 못했던 어쩔 수 없는 상황이 처음으로 나타난다. 신은 강력한 교회를 통해 세계를 지배하면서 무력과 두뇌라는 만만찮은 국가 조직 및 법과 결속해서 복종을 강요했다. 그리고 금권력을 억누르기 위해 이러한 결속을 감수하고 있는데, 이는 본래 매번 최고의 존재를 더욱 향상시켜 최상의 것으로 만드는 데에만 관심을 기울이는 자들을 위해서 만들어진 것이었다. 그런데 바로 그가 동맹으로부터 이탈하여 없어서는 안 될 동맹인 입법 국가를 파괴시키려고 하는 것이다. 어떻게 하면 이 반역자들을 제거할 수 있을까? 반역자는 다름 아닌 자신의 가장 사랑스런 딸이다. 그러니 죽일 수는 없다. 하지만 그를 숨기고 제압하고 침묵시켜야 한다. 그렇지 않으면 반역자는 국가를 전복시키고 교회를 무방비 상태로 만들고 말 것이다. 신이 완전히 멸망하고 난 다음 영웅으로 다시 태어난 자만이 기존의 질서를 흐트러뜨리거나 파괴하지 않고 일을 제대로 해낼 수 있다. 그렇다면 그들이 출현할 때까지 어떻게 반역자들로부터 세계를 지켜낼 수 있을까? 이 대목에서 로게의 도움이 절실히 필요해진다. 진실을 은폐하는 최선의 방법은 거짓말이다. 로게에게 활활 타오르는 불꽃의 모습으로 산 정상을 둘러싸게 하리라. 과연 누가 이 불꽃을 뚫고 브륀힐데에게 갈 수 있을까? 하지만 대담하게 불속으로 들어갈 사람이라면 이 불꽃이 단지 속임수, 환영, 신기루에 불과한 것으로 탄약 보따리를 짊어지고 들어가더라도 아무 일이 생기지 않는다는 사실을 알게 되리라. 그러므로 불꽃이 무섭게 타오르는 것처럼 보이게 놓아두었다가 마침내 때가 무르익어 세상에 영웅이 등장하면, 그로 하여금 이곳을 뚫고 들어가도록 하자. 이로써 모든 것이 해결됐다. 보탄은 상심한 채 브륀힐데에게 이별을 고하고 그녀를 깊은 잠에 빠지게 한 후 그녀의 기다란 방패로 덮어준다. 그리고 로게를 불러 불꽃 벽으로 산 정상을 둘러싸게 만들고 영원히 브륀힐데 곁을 떠난다.

다행히도 여기에 내포된 우의는 현대 교육을 받은 젊은 세대에게 40년 전에 그랬던 것처럼 뻔하게 드러나지는 않는다. 그때만 해도 교회에서 가르치는 절대적 진리에 의심을 품은 어린아이가 "왜 여호수아는 지구더러 도는 것을 멈추라고 하지 않고 태양더러 그 자리에 서라고 했어요?"라고 묻는다거나, "고래의 목구멍은 요나를 삼킬 정도로 크지 않은데요"라고 지적이라도 하면, 그 아이는 당장에 그런 말을 했다가는 이다음에 죽은 후에 펄펄 끓는 유황 바다에서 영원히 고통받게 될 거라는 말을 들어야 했었다. 물론 요즘에야 그런 말을 하는 것이 우스운 일이겠지만, 그래도 아직까지 잘 속아넘어가는 수백만의 무지한 사람들이 자기 아이들에게 그렇게 가르치고 있다. 바그너가 어렸을 때, 분별 있는 지배 계층 사람들은 지옥이 대중을 위협하고 복종시키기 위해 만들어진 허구라는 사실을 철저하게 비밀에 붙였다. 따라서 그 당시에 남다른 개성과 대담한 사고의 소유자가 아닌 이상 로게의 불꽃은 누구에게나 두려운 것이었다. 바그너가 〈니벨룽의 반지〉의 가사를 개인적으로 출판한 지 30년이 지난 다음까지도 그는 독자들에게 자신이 당시의 미신을 명백하게 드러내놓고 부정하지는 않는다고 하면서, 만약 부정한다면 그로 인해 기소당할 수도 있음을 상기시켰다. 상당수의 멀쩡한 유권자들이 아직도 음침한 악마 숭배에 빠져 있는 영국에서는 로게의 불꽃이 중요한 방패 역할을 하고 있는 바, 어떤 정부도 '신성모독죄'와 같은 말도 안 되는 법령을 폐지하자고 양심적으로 용감하게 주장하지 못하고 있다.

제4장
지크프리트

지클린데는 영웅의 아들을 태내에 품은 채 그의 동강난 칼의 파편을 들고 숲으로 도망쳐 난쟁이의 대장간으로 몸을 숨겼다가 거기서 아이를 낳고 바로 숨을 거둔다. 이 난쟁이는 다름 아닌 알베리히의 동생 미메로, 마법의 투구를 만든 장본인이다. 알베리히가 아주 잠깐 금권력으로 세상을 지배하는 동안 온갖 고생을 다한 미메. 그의 삶의 목적은 마법의 투구와 반지, 보물을 손에 넣어서 이것들로 얻은 금권력으로 세계를 지배하는 것이다. 하지만 그는 눈을 껌뻑거리고 몸을 질질 끌며 걷는 힘없는 늙은이일 뿐이다. 거대한 용으로 변신한 채 바위 동굴에서 황금을 지키는 파프너에게 보물을 빼앗아오고 싶지만 혼자서는 무기를 들 꿈도 꾸지 못할 만큼 나약하고 소심하다. 따라서 그에게는 영웅의 도움이 필요하다. 세상물정에 훤한 교활하고 탐욕스러운 늙은이는 용감한 젊은이를 이용해서 자신을 위해 제국을 빼앗아오게 할 수 있음을 알고 있다. 그는 자기 수중에 떨어진 아이의 혈통을 알아차리고서 정성 껏 기른다.

이러한 미메의 노력은 충분한 보상을 받게 된다. 소년 지크프리트에 게는 불행을 가르치는 신이 없기 때문에 그는 아버지의 불운은 이어받 지 않고 불굴의 정신만 온전히 이어받았다. 그래서 지크프리트는 자신 의 아버지 지크문트가 얼굴색 하나 까딱하지 않고 맞섰던 공포와 그를 괴롭혔던 고난을 알지 못한다. 성실하고 감사할 줄 아는 아버지와 달리 지크프리트는 자기 기분 외에는 아무런 법도 개의치 않으며 자신을 키 워준 추한 난쟁이도 싫어한다. 그리고 미메가 친절하게 키워준 대가를 요구할라치면 마구 화를 낸다. 간단히 말해 도덕률과는 전혀 상관이 없 는 남자요, 타고난 무정부주의자로 이는 바쿠닌의 이상이자, 니체의 '초인'에 선행하는 존재이다. 지크프리트는 매우 강하고 활기와 기쁨 이 넘치는 사람으로 싫어하는 대상에게는 위험하고 파괴적인 행동을 보이지만, 좋아하는 대상에게는 무척이나 다정하다. 그가 좋아하고 싫 어하는 기준이 분별력 있고 건전한 것은 그나마 불행 중 다행이라 하겠 다. 유감스럽게도 할아버지(보탄)는 지배자의 자리를 위해 법과 위대한 연합 전선을 맺었고, 더 암담하게도 아버지(지크문트)는 이 얽히고설킨 실타래를 풀기 위해 비극적인 투쟁을 벌여왔다. 그런데 이러한 어두운 배경 속에서 영웅족이 탄생했으니 원기 왕성한 이 숲의 젊은이야말로 새 아침의 아들이라 아니할 수 없다.

제1막

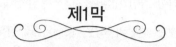

미메는 빛이 들지 않는 동굴 속 대장간에서 눈이 없는 물고기처럼 빛을 피해 살고 있다. 막이 오르기 전부터 흘러나오는 음악만 들어도, 이곳이 손으로 더듬어야 겨우 앞으로 나아갈 수 있는 어둠 속이라는 것을 충분히 알 수 있다. 드디어 막이 오르고 어려움에 처한 미메의 모습이 보인다. 애지중지 키운 아이가 파프너와 대적할 수 있을 정도로 자랐기에 그는 그를 위해 칼을 하나 만들려고 한다. 미메는 장난감 칼이라면 얼마든지 만들 수 있다. 하지만 영웅이 자신의 의지에 따라 종교와 정부와 금권 정치, 또 영웅이 아닌 자가 공포심으로 만든 왕국의 모든 제도를 헤쳐나가기는 난쟁이가 만든 장남감 칼로는 도저히 불가능하다. 지크프리트(=바쿠닌)는 미메가 칼을 만들자마자 즉시 박살내 버리고 격분한 나머지 불쌍한 난쟁이의 목덜미를 잡아 그를 응징한다. 막이 오른

바로 이 순간도 이러한 집안 내의 골치 아픈 말썽에서부터 이야기가 시작된다. 마침내 미메는 자신의 모든 기술을 총동원해서 최고의 검을 새로 완성한다. 한편 지크프리트는 날아갈 듯한 기분으로 야생 곰을 끌고 집으로 돌아와 가엾은 난쟁이의 간담을 서늘하게 만든다. 곰을 숲으로 돌려보낸 지크프리트 앞에 미메가 새로 만든 칼을 내놓는다. 늘 그렇듯 칼은 눈 깜짝할 사이에 산산조각이 나고, 지크프리트 또한 기분이 언짢아진다. 그는 대장장이 미메가 자랑하는 기술을 악랄하게 깎아내리면서, 만약 미메가 손가락 하나 대고 싶지 않을 정도로 싫은 존재만 아니었다면 그도 산산조각냈을 것이라고 말한다.

그러자 미메는 또 자기 변명을 늘어놓는다. 온갖 정성을 다해 어린 핏덩이를 훌륭한 남자로 키우기까지의 고생담을 훌쩍거리면서 늘어놓는 것이다. 그러자 지크프리트가 거리낌 없이 대꾸한다. "그렇게 애지중지 잘 보살펴줬는데 참 이상하죠? 감사하는 마음이 들기는커녕 당신 목을 비틀고 싶은 마음이 불끈불끈 솟아오르니……." 단, 그도 숲에서 미메만큼 싫은 것도 없는데 왠지 모르게 항상 그에게 돌아오게 된다는 사실만은 인정한다. 그 말에 미메는 옳거니 하면서 부모 자식 간에는 원래 피가 끌리게 되어 있는 법이라고 말한다. 그의 설명에 의하면 자신이 지크프리트의 아버지이기 때문에 자기 없이는 지크프리트도 이 세상에 존재할 수 없다는 것이다. 하지만 지크프리트는 새, 여우, 늑대 등 숲의 친구들로부터 아이를 낳으려면 아버지뿐만 아니라 어머니도 있어야 한다는 사실을 배웠다. 미메는 인간은 새와 늑대와는 다르다는 구실을 내세우며 자신이 지크프리트의 아버지이자 어머니라고 주장하지만 즉각 더러운 거짓말쟁이라고 매도당한다. 새나 늑대나 부모 자식 간에 똑같이 닮았는데, 종종 물에 비춰진 자신의 모습을 보면 마치 개구리와 송어 사이처럼 자신과 미메의 모습은 전혀 달랐다. 이어 지크프리트는 온전한 진실을 알아내기 위해 미메의 목을 숨이 막힐 정도로 죈다. 겨우 숨을 돌리게 되자 기가 죽은 미메는 지크프리트의 출생의 비밀을 이야기해주고, 그 증거로 보탄의 창에 부서진 칼의 파편을 보여준다. 지크프리트는 그 말을 듣자마자 칼을 고치라고 명령하고 만약 말을 듣지 않으면 흠씬 두들겨 패겠다고 협박한다. 그리고 자신과 미메가 피한 방울 섞이지 않았으니 칼만 다 고쳐지면 뒤도 안 돌아보고 떠날 수 있게 되었다는 사실에 기뻐 날뛰며 숲으로 뛰쳐나간다.

이렇게 해서 불쌍한 난쟁이는 훨씬 더 골치 아픈 상황에 빠진다. 이 칼은 자기 기술로 도저히 고칠 수 없다는 사실을 이미 오래전부터 알고 있었기 때문이다. 칼은 쇠망치로도, 용광로의 불로도 끄덕하는 법이 없었다. 마침 그 순간, 허름한 망토에 손에 창을 들고 넓은 모자챙으로 한쪽 눈을 가린 나그네 하나가 동굴 속으로 걸어 들어온다. 본디 인정머리가 없는 미메는 그를 쫓아버리려 하지만, 나그네는 자신이 현자이고 자기를 잘 대접해준 사람에게는 위급할 때에 꼭 필요한 것을 가르쳐줄 수 있다고 말한다. 이 말은 나그네가 자기보다 지혜가 더 뛰어나다는 뜻이 되므로, 미메는 몹시 성이 나서 출구로 향한 길을 말해준다. 하지만 나그네는 눈 하나 깜짝하지 않고 자리에 앉더니 난쟁이에게 누가 더 지혜로운지 겨루어보자고 제안한다. 세 가지 문제를 내고 이에 대답하지 못한 사람은 목숨을 내놓자는 것이다.

만약 미메에게 모든 것을 다 아는 척하지 않고 알고 싶은 것을 물을 수 있는 지혜가 있다면, 이것이 절호의 기회가 될 것이다. 지금 이 순간 미메에게 가장 절실한 문제는 칼을 수리하는 방법인데 마침 그것을 알려줄 수 있는 유일한 사람이 자기 집에 들른 것이다. 이런 경우 현명한 사람이라면 서둘러 자신이 모르는 세 가지를 질문해서 그 답을 구하려 할 것이다. 하지만 이 난쟁이는 교활하기만 한 바보여서 상대방의 무지를 찾아내려고 혈안이 된 나머지 의기양양하게 자신이 이미 잘 알고 있는 문제에 대해서 묻는다. 그의 세 가지 질문이란 '땅 밑에 사는 것은 누구인가, 지상에 사는 것은 누구인가, 구름 위 높은 곳에 사는 것은 누구인가?' 이다. 나그네는 그 질문에 대해 땅 밑에는 난쟁이들과 알베리히가, 지상에는 거인 형제 파졸트와 파프너가, 구름 위에는 신들과 보탄 즉 자신이라고 대답한다. 미메는 이 나그네가 다름 아닌 보탄임을 깨닫고 두려움에 사로잡힌다.

다음은 미메가 대답할 차례다. 첫 번째 문제. "보탄이 가장 아끼면서도 가장 심하게 다룬 종족은?" 이 질문에는 미메도 대답한다. 답은 보탄이 프리카를 배신하고 다른 여자 사이에서 낳은 영웅족 볼숭으로, 미메는 나그네에게 쌍둥이 지클린데와 지크문트, 그리고 그들의 아들 지크프리트에 대해 자세히 말한다. 보탄은 미메의 지혜로움을 칭찬한다. 이어지는 두 번째 문제. "지크프리트는 어떤 칼로 파프너를 쓰러뜨릴 것인가?" 이 질문 역시 그는 대답한다. 그는 이 칼의 유래를 잘 알기 때문이다. 보탄은 그를 만물박사라고 칭찬한 다음, 마지막으로 정작 미메 자신이 했어야 할 질문을 던진다. "누가 그 칼을 수리하는가?" 그의 목이 날아가게 생겼다. 미메는 큰소리로 탄식하며 모른다고 고백한다. 나그네는 잘난 척하다가 정작 자신이 알아야 할 것을 묻지 않은 미메의 어리석음을 깨우쳐준 다음, 두려움을 모르는 대장장이만이 노퉁을 고칠 수 있다고 말한다. 그리고 노퉁을 고치는 대장장이에게 미메의 목을 양보한다고 말하고는 숲으로 사라진다. 미메가 공포에 질려 제정신을 잃고 떨면서 끔찍한 악몽에 시달리고 있을 때, 지크프리트가 숲에서 돌아오다 그를 발견한다.

이어 기이하면서도 재미있는 대화가 시작된다. 두려움이 무엇인지 모르는 지크프리트는 두려움을 알아야만 완벽한 존재가 된다고 생각하기에 두려움을 알고 싶어 안달을 한다. 하지만 미메는 모든 것이 두려울 따름이다. 그에게 이 세상은 공포로 가득 찬 세계다. 이는 숲 속에서 곰에게 잡아먹히거나 대장간에서 손가락을 데는 것에 대한 공포가 아니다. 누군가가 살해당하거나 불구자가 되는 것을 두려워한다고 해서 그 사람을 겁쟁이라고 말할 수는 없다. 아니, 오히려 그런 두려움 속에서 용감한 사람의 지혜가 생기기도 한다. 하지만 미메의 두려움은 위험한 상황에 직면해서 생겨난 것이 아니라 선천적인 것이기에, 아무리 안전이 보장되어도 사라지지 않는다. 이런 미메는 어찌 보면 불쌍하기 짝이 없는 수많은 신문 편집자들과 비슷하다. 그들은 자신이나 모든 독자들에게 매우 명백한 사건에 대해서조차도 감히 진실을 보도하지 않는다. 이런 사실을 보도하면 자신에게 귀찮은 일이 생기기 때문일까? 아니면 겁도 없이 그런 노선을 취했다가 영향력 있는 탁월한 여론의 지도자가 되지 못할까봐 그러는 걸까? 천만에, 둘 다 아니다. 이유는 오직 하나, 그들이 겸손하면서도 예의 바르게 자기 자신의 힘과 가치를 믿지 않는 바람에 자기 견해의 가치에 대해서도 자신감을 갖지 못한 채, 상상 속 공포의 세계 속에 살고 있기 때문이다. 미메가 특히 빛이나 신선한 공기처럼 자신에게 이익이 될 만한 것은 어떤 것이나 두려워하는 것이 이와 똑같다. 또 미메는 두려움이 없기 때문에 자기를 보호하려는 준비 또한 갖추지 못한 자가 세상에 나가게 되면 그 즉시 목숨을 잃게 된다고 굳게 믿고 있다. 따라서 미메는 지크프리트가 세상에 나가 자신이 부여한 사명을 제대로 수행할 수 있게 하기 위하여 그에게 공포를 가르쳐주려는 엉뚱한 시도를 꾀한다. 즉 숲이나 숲의 어둠이 주는 공포, 소름끼치는 소리, 보이지 않게 매복하고 있는 것들, 불길하게 명멸하는 빛, 심장을 조이는 공포의 전율 등 자신이 겪었던 두려움을 지크프리트에게 이야기한다.

하지만 이러한 미메의 노력은 지크프리트에게 놀라움과 호기심만 불러일으킬 뿐이다. 지크프리트에게 숲은 유쾌한 곳이기 때문이다. 아이들이 전기 충격이 어떤 건지 느껴보고 싶어하듯이, 지크프리트 또한 미메가 말하는 공포를 느끼고 싶어 안달을 한다. 그러자 미메는 지크프리트에게 파프너라면 공포가 무엇인지 가르쳐줄 수 있을 것 같다고 이야기한다. 이 말을 듣고 지크프리트가 펄펄 뛰며 좋아한다. 그리고는 미메가 칼을 고치지 못하니 즉석에서 자기가 직접 고치겠다고 한다. 미메는 지크프리트가 젊은이 특유의 나태함과 고집 때문에 자신에게 대장장이 기술을 배우려 하지 않았기에 칼을 고치는 방법을 하나도 모를 것이라며 고개를 좌우로 흔든다. 지크프리트(=바쿠닌)의 반박은 단순하면서도 결정적이다. 그는 미메가 자랑하는 기술로는 제대로 된 칼을 만들기는커녕 부러진 칼조차 고칠 수 없다며 대든다. 그리고 자신의 악담에 분개하며 항의하는 선생을 무시한 채 칼을 다듬는 줄을 잡더니 순식간에 칼의 파편을 강철 부스러기로 만들어버린다. 그러고 나서 그 가루를 불구덩이 속에 집어넣고 불을 붙이더니 본격적으로 풀무질을 한다. 이것이야말로 창조의 기초를 다지기 위해 우선 파괴하는 무정부주의자의 환희, 그 자체다. 그는 철강이 녹자 이것을 주형에 붓는다. 보라! 칼날이 대충 완성되었도다. 미메는 자신의 기술을 완전히 무시한 채 칼을 완성한 지크프리트의 솜씨에 경탄하며 그를 최고의 대장장이라 치켜세우고 자기 따위는 밥이나 짓고 설거지나 하면 제격이라고 말한다. 그리고 독이 들어간 수프를 만들면서 지크프리트가 파프너를 죽이고 반지를 찾아오면 지크프리트마저 죽이려는 계획을 세운다. 그것도 모르고 지크프리트는 마치 라인의 처녀들처럼 목청을 높여 의미 없는 노래를 부르면서 칼을 담금질하고, 다시 불에 넣어 더 단단하게 만들고, 쇠망치로 두드리고 징으로 조인다. 그리고 마지막으로 미메가 만든 칼로는 절대로 깨지지 않던 모루를 자신이 새로 만든 노퉁으로 내리쳐 두 동강을 낸다.

제2막

날이 새기 전 캄캄한 시간, 파프너의 동굴 앞. 황금과 반지에 대한 헛된 욕망으로 속을 태우면서 용이 나타나는지 감시하는 일 이외에는 아무것도 할 수 없는 알베리히가 보인다. 한때는 순진하기 짝이 없던 파프너. 하지만 그는 지금 독을 내뿜는 무서운 용의 모습으로 그저 황금을 지키고 있을 뿐이다. 왜 그는 다시 순진한 거인으로 돌아가 동굴을 떠나지 않을까? 어떤 대가를 치르고서라도 황금과 반지를 차지하려는 어리석은 자들에게 그것들을 남겨둘 것인지……. 누구에게나 이런 의문이 가장 먼저 떠오르겠지만 문명화된 사람은 이런 류의 집착에 익숙한 탓에 절대로 의문을 갖거나 놀라지 않는다.

어둠 속에서 나그네가 알베리히에게 다가온다. 그 사람이 예전에 반지를 빼앗아간 장본인이라는 사실을 알아차린 난쟁이는 그에게 뻔뻔스러운 도둑놈이라고 욕을 퍼붓는다. 그러면서 알베리히는 보탄의 권력은 그의 창에 새겨진 법과 계약에 얽매여 있기 때문에 만약 보탄이 그것을 감히 자신의 실질적 목적을 위해 사용하면 왕겨처럼 부서져버릴 것이라고 조롱한다. 자기 자식을 자신의 손으로 직접 죽여야 했던 보탄이기에 너무나 잘 알고 있는 사실이지만, 결코 동요하지 않는다. 왜냐하면 그는 지금 자신의 거짓 권력에 혐오감을 느끼면서 자기의 권력을 강화하는 것이 아니라 파괴하기 위해 영웅이 도래하기를 바라고 있기 때문이다. 알베리히가 언젠가는 신들을 물리치고 반지를 되찾아 세계를 지배하겠다고 위협해도 보탄은 눈 하나 깜짝하지 않는다. 그리고 알베리히에게 이제 곧 동생 미메가 영웅을 데리고 오는데, 신들은 그 영웅을 도와줄 수도 방해할 수도 없다고 하면서 발할라의 간섭 없이 되든 안 되든 그를 상대로 붙어 보면 어떻겠느냐고 말한다. 그리고 파프너에게 영웅이 온다는 사실을 경고하고 그 대신 영웅을 상대해주겠노라고 제안하면 파프너가 반지를 돌려줄지도 모른다고 말한다. 이리하여 그들은 파프너를 깨운다. 하지만 보물의 마법으로 강해진 파프너가 으르렁거리는 목소리로 대화에 끼어들었으나 그들의 제안을 거부한다.

"나는 한번 손안에 들어온 것은 절대로 놓치지 않아. 그냥 자게 내버려 둬."

그러자 보탄이 교활한 미소를 지으며 알베리히에게 돌아서서 말한다.

"이 방법은 실패한 것 같군. 그 때문에 나를 원망해도 소용없어. 내 딸 한마디만 해두지. 세상만사는 순리에 따라 돌아가는 법, 그 흐름을 바꿀 수는 없다네."

그리고 나서 보탄은 사라진다. 알베리히는 자신의 숙적에게 비웃음을 당했다는 생각에 화가 나 부들부들 떨면서도 결국 마지막 말은 신이 간섭할 수 없다는 사실을 깨닫고 날이 밝아옴에 따라 몸을 숨긴다. 이윽고 동생 미메가 지크프리트와 함께 등장한다.

미메가 용의 어마어마한 턱, 독을 품은 숨결, 살을 녹이는 침, 특히 날카로운 꼬리에 대한 이야기로 다시 한 번 지크프리트에게 겁을 주려 한다. 하지만 지크프리트는 용의 꼬리 어쩌고 하는 미메의 말을 듣는 둥 마는 둥 하며, 만약 용에게 심장이 있다면 노퉁으로 찔러버리겠다는 자신감에 차서 심장이 있는지 없는지 물어본다. 자신이 원하는 대답을 들은 지크프리트는 그 즉시 미메를 쫓아버리고 나무 밑에 누워 새들의 아침 노랫소리에 귀를 기울인다. 그 중 한 마리가 그에게 여러 가지 이야기를 하지만, 그는 전혀 알아듣지 못한다. 갈대 피리를 만들어 대화를 나누어 보려 하지만 역시 알아듣지 못한다. 그는 자신의 뿔피리로 새를 즐겁게 해주면서 숲에 사는 모든 생물처럼 자신에게도 사랑하는 짝을 보내달라고 부탁한다. 지크프리트의 뿔피리 소리에 파프너가 잠에서 깨어난다. 지크프리트는 작은 새가 데리고 온 험상궂은 친구를 비웃는다. 젊은 바쿠닌의 불손한 태도가 매우 거슬린 파프너. 불같이 화를 내며 공격하지만 자신도 깜짝 놀랄 정도로 순식간에 당하고 만다.

싸움중에 지크프리트는 자연이 전해주는 내용을 어느 정도 이해할 수 있게 된다. 불타는 듯한 용의 피를 뒤집어쓴 지크프리트가 자신의 손에 묻은 용의 피를 맛본 순간 그는 보물이 곧 자신의 것이 될 것이라는 새의 말을 알아듣는다. 그리고 그의 말에 따라 황금과 반지, 그리고 마법의 투구를 가지러 동굴로 들어간다. 이때 지크프리트에게 쫓겨났다가 돌아온 미메와 알베리히가 서로 마주친다. 두 난쟁이는 떡 줄 사람은 생각도 안 하는데 김칫국 먼저 마시는 격으로 아직 손에 넣지도 못한 보물을 어떻게 나눌지를 두고 격렬하게 싸운다. 한편 지크프리트는 황금에는 그다지 흥미를 느끼지 못하고 반지와 마법의 투구만 손에 들고 나오면서 아직까지 두려움을 배우지 못한 것에 크게 실망한다.

하지만 그는 미메와 같은 불쌍한 족속들의 마음을 읽는 법을 배워왔다. 그 결과 미메가 겉으로는 아첨하는 말과 상냥한 태도로 지크프리트의 마음을 사려고 하지만 속으로는 질투에 휩싸여 자신을 살해하고자 한다는 것을 알고 노퉁을 휘둘러 그를 죽인다. 숨어서 이를 지켜보고 있던 알베리히는 몹시 만족스러워한다. 지크프리트는 별 관심 없는 황금을 죽은 미메 옆에 놓아두고 피곤한 듯 몸을 눕히고 친구인 작은 새를 불러, 그렇게 배우고 싶어하던 두려움도 배우지 못했고 친구도 얻지 못했다고 하소연한다. 그러자 작은 새는 두려움을 모르는 자만이 통과할 수 있는, 산꼭대기의 불꽃 요새에 갇힌 채 잠들어 있는 여자에 대해 말해준다. 이 말을 들은 지크프리트는 당장 온몸의 피가 끓어올라 작은 새가 이끄는 대로 불꽃 산으로 따라간다.

제3막

역시 산기슭에 도착한 나그네, 이제 그의 운명도 거의 다 끝나가고 있다. 그는 태초의 어머니 에르다를 땅속에서 불러내 조언을 구한다. 그녀는 노른(운명의 여신)에게 물어보라고 하지만, 그녀들은 보탄에게 전혀 도움을 주지 못한다. 그는 환경, 또는 상황이라는 그물로 인간의 발목을 잡고 있는 운명과의 영원한 투쟁에서 어떤 길로 의지가 나아갈지 미리 알고 싶었기 때문이다. 그러자 에르다가 묻는다. "왜 내가 당신에게 낳아준 딸에게 묻지 않는 거죠?" 보탄은 자신이 어떻게 부녀의 연을 끊고 딸을 로게의 불꽃 속에 가두어 세상과 격리시켰는지에 대해 설명한다. 이렇게 되면 태초의 어머니 에르다도 그를 도울 방법이 없다. 그런 이별은 그녀가 생의 에너지를 더욱 고차원적인 것으로 상승시키려고 할 때마다 언제나 먼저 벌어지는 혼란이기 때문이다. 결국 에르다는 보탄에게 그가 예측한 파멸로부터 벗어날 방법을 제시하지 못한다. 그러자 보탄은 마치 화산이 폭발하듯 자신의 속마음을 모조리 털어놓는다. 자신은 자신에게 다가오는 운명을 즐기고 있으며, 이제 자신에게 얽혀 있는 모든 법과 동맹 관계, 가장 사랑하는 자식을 죽일 때에만 휘둘렀던 창, 다시는 '영원무궁한 세상'이라고 자랑할 수 없게 된 왕국과 권력과 영광 등, 이 모든 것들과 함께 사라지게 되어서 더없이 즐겁고 행복하다고 말한다. 그리고 나서 그는 에르다를 다시 땅속으로 돌려보내 깊은 잠에 빠지게 한다. 이 때 숲의 작은 새가 보탄의 살해당한 아들의 아들인 지크프리트를 목적지로 안내한다.

새로운 질서가 승리의 축가를 부르고 낡은 과거가 사라지는 것만큼 멋진 일도 없다. 그런데 만일 당신이 낡은 과거 측에 속해 있다면 당신은 분명 목숨을 걸고 싸워야 할 것이다. 워털루 전투에 참가한 영국 병사들 가운데, 조국과 인류를 위해 나폴레옹이 연합군에게 이기기를 바랐던 지식인이 하나도 없지는 않았을 것이다. 그럼에도 그러한 영국 지식인조차 프랑스 기병에게 살해당하느니 차라리 살해하는 쪽을 선택할 것이다. 좀더 유식한 사람들에 의해 자신의 무지와 광포함과 어리석음을 애국심과 의무라고 세뇌당한 멍청하기 짝이 없는 병사만큼이나 맹렬하게 싸웠으리라. 케케묵은 낡은 존재는 비록 자신이 잘못을 저질렀을지언정 자연스럽게 죽을 수 있는 권리를 주장한다. 그리고 새로이 다가오는 행복한 천년왕국이 만일 살인이라는 지름길을 통해 오고자 한다면 그에 대해 저항할 것이다. 자신을 이끌어주던 새가 보이지 않자

걸음을 멈춘 지크프리트와 대면하게 되면서 보탄은 이 사실을 깨닫는다. 지크프리트는 나그네에게 불꽃에 갇혀 잠들어 있는 여인이 있는 산으로 가는 길을 아느냐고 묻는다. 하지만 나그네는 지크프리트에게 질문을 던져, 지금까지 그가 살아온 내력을 알아낸다. 지크프리트가 칼을 고친 이야기를 하면서 자기는 처음부터 다시 만들지 않으면 노퉁의 파편 따위는 전혀 도움이 되지 않으리라는 것을 알고 있었다고 말하자, 나그네는 아버지로서의 기쁨을 느낀다. 하지만 지크프리트는 나그네의 호기심 따위에 전혀 개의치 않는다. 나그네의 당당함도, 지긋한 연배가 주는 위엄도 젊은 무정부주의자에게는 하나도 씨가 먹히지 않는다. 나그네와 수다를 떠느라고 시간을 낭비하고 싶지 않은 그가 산으로 가는 길을 가르쳐주든지 아니면 "입을 닥쳐라"고 무례하게 말한다. 보탄은 약간 상처를 받는다.

"젊은이여, 좀 참을성 있게 내 말을 들어보게. 만일 자네가 나이든 사람이었다면 나는 자네를 공손하게 대했을 걸세."

그러자 지크프리트가 대답한다.

"아주 훌륭하신 말씀 같기는 한데, 나로 말하면 태어나서 그 작자를 처치할 때까지 줄곧 한 영감탱이한테 방해받았던 몸이라고. 내 앞길을 방해한다면 당신도 같은 꼴을 당하게 될 거요. 그런데 왜 그렇게 챙이 큰 모자를 쓰고 있는 거요? 어라, 한쪽 눈은 어떻게 된 거지? 혹시 지나가는 사람 길을 막다가 뽑힌 것 아닌가?"

그에 대해 보탄이 우의적으로 대답한다. 프리카와 결혼하기 위해 희생한 한쪽 눈이 지금 지크프리트의 머리에 박혀서 자신을 보고 있다고. 이 말을 들은 지크프리트는 나그네를 미친 사람으로 여기고 다시 폭력을 휘둘러 협박한다. 그러자 보탄은 나그네의 가면을 벗어던지고 세상을 통치하는 창을 높이 들어 산의 수호자로서 경외심을 불러일으키는 신성한 위엄을 드러낸다. 산꼭대기 주변을 둘러싸고 있는 로게의 불꽃이 신의 위엄을 떠받드는 양 붉게 타오르고 있다. 하지만 지크프리트(=바쿠닌)에게는 하나도 통하지 않는다. 지크프리트는 자신의 가슴팍을 노리고 있는 창을 보면서 "내가 드디어 내 아버지의 원수를 만났구나!" 하고 외친다. 노퉁의 일격으로 보탄의 창이 두 동강이 난다. 그러자 보탄은 "그래 가거라. 너를 막을 수가 없구나"라고 말하고는 사람들 앞에서 영원히 모습을 감춘다. 바위산에서 튀어 떨어지는 불꽃을 보며 지크프리트는 칼을 고쳤을 때, 그리고 용을 퇴치했을 때 느꼈던 두근거리는 마음으로 산꼭대기를 향해 나아간다. 불꽃이 탁탁 튀어오르는 소리와 소용돌이치는 소리에 맞추어 즐겁게 뿔피리를 불면서 씩씩하게 불길을 가르고 들어간다. 그런데도 머리카락 한 올 그을리지 않는다. 몇 세기에 걸쳐 인간에게 진실을 감추어온 저 무시무시한 불꽃에 어린아이의 눈을 감게 할 정도의 열기도 없는 것이다. 그것은 그저 로게가 불꽃 효과를 내기 위해 아주 그럴 듯하게 꾸며놓은 환영(幻影)에 지나지 않는다. 따라서 지금까지 타버린 것이 하나도 없었듯, 앞으로도 그럴 것이다. 단, 허황된 이야기를 지어내 자신들의 힘의 원천으로 삼을 만큼 무능하고 믿음이 없는 교회는 제외하고서.

다시 오페라로 돌아가다

자, 〈니벨룽의 반지〉 관객들이여! 조금만 더 힘을 내자. 어떤 우화도 언젠가는 끝이 나는 법. 이와 같은 지루한 설명에서 해방될 때가 머지 않았다. 이제부터 당신이 보게 될 것은 오페라, 오로지 오페라일 뿐이다. 몇 소절도 지나지 않아 테너와 소프라노 가수로 변신한 지크프리트와 브륀힐데가 나와 함께 카덴차*를 부른 후 멋진 사랑의 이중창으로 들어간다. 그리고 모차르트의 〈돈 조반니〉(1787) 제1막의 유명한 피날레를 장식하는, 격렬한 16분 음표의 셋잇단음표나 '레오노레 서곡'(1805)*의 코다처럼 가파른 속도로 치닫다가 몹시 빠른 아카펠라로 마지막을 장식한다. 특히 뛰어난 대위법적 주제, 보속음*, 소프라노

---

* 악곡을 마치기 전에 독주자의 연주 기교가 충분히 발휘되도록 한 무반주 부분
* 베토벤이 오페라 〈피델리오〉를 위해 작곡한 서곡 중 '피델리오 서곡'을 제외한 3개의 서곡
* 화음 진행시 길게 지속하는 음

의 하이C음까지 전부 다 갖추고 있다.

게다가 다음에 이어질 〈신들의 황혼〉은 그야말로 그랜드 오페라다. 〈신들의 황혼〉에는 지금까지 나오지 않았던 음악, 즉 무대를 행진하며 부르는 합창을 들을 수 있는데 이것이 프리마돈나가 스포트라이트를 받으며 부르는 죽음의 노래를 전혀 방해하지 않는다. 게다가 합창이 처음 나올 때에 다장조로 이루어진 우렁찬 노래를 멋지게 들려주는데, 이는 도니체티의 〈파보리타〉(1840) 제3막의 조정 신하들의 합창 장면이나 〈람메르무어의 루치아〉(1835)의 "한없이 기쁨이 넘치네" 합창 장면과 별반 다를 바가 없다 하겠다. 분명 바그너의 화성법은 약간 진보되었다. 바그너가 5도 음정에서 '솔(G)#'을 주장하는데 반해 도니체티라면 귀를 막고 그냥 '솔'이라고 외칠 것이다. 그렇다고는 해도 역시 오페라 합창인 건 변함이 없다. 한편 여기에는 마이어베어나 베르디를 연상시키는 과장된 장엄함이 있다. 주요 인물 전원이 꼬리에 꼬리를 물고 합창하는 장면, 복수를 맹세하는 삼중창 장면, 테너가 부르는 로맨틱한 죽음 장면 등 한마디로 전통적인 오페라에 나오는 모든 양식이 다 등장한다.

혹시 여러분 중에는 편견에 사로잡힌 바이로이트 순례자들이 '〈신들의 황혼〉이야말로 이 위대한 대서사시의 장엄한 클라이맥스로 다른 세 작품을 합친 것보다 더 바그너적이다'라고 말하는 것을 들은 까닭에 〈신들의 황혼〉이 〈니벨룽의 반지〉 4부작 중에서 가장 먼저 씌어졌다는 사실을 깨닫지 못하는 사람도 있을 것이다. 특히 〈신들의 황혼〉에 나오는 복수의 삼중창이 앞의 3부작에 나왔던 보탄의 형이상학적 논설보다 더 가슴 떨리는 사람에게는 더더욱 그럴싸하게 들릴 것이다. 그런데 실상은 이렇다. 〈신들의 황혼〉은 공연 순서상으로는 맨 마지막이지만, 실제로는 가장 먼저 구상된 것으로 사실상 이것을 토대로 다른 모든 부분들이 만들어졌다.

그 경위는 이렇다. 〈니벨룽의 반지〉 이전의 바그너 작품은 모두 오페라였다. 그 중 마지막 작품인 〈로엔그린〉(1850)은 아마도 근대 오페라 중에서 가장 널리 알려진 것이리라. 특히 바이로이트에서 완전 무삭제 판으로 공연된 〈로엔그린〉은 코번트 가든 왕립 오페라 하우스에서 공연될 때보다 더 오페라다웠다. 왜냐하면 이 작품의 고풍스러운 부분이 특징적으로 드러난 곳은—예를 들어 주역들과 합창의 앙상블처럼 규모가 큰 장면—좀더 현대적이고 바그너다운 특징이 있는 다른 부분보다 공연하기 어렵다는 이유로 당시 유행하던 〈로엔그린〉 단축판에서는 삭제되었던 것이다. 그리하여 일반 오페라 하우스에서 볼 수 있는 〈로엔그린〉은 실제 바그너가 쓴 것보다도 당시 오페라들에 비해 훨씬 진보적이었다. 그래도 〈로엔그린〉은 합창, 중창, 대피날레가 있는 틀림없는 오페라다. 여주인공이 플루트의 오블리가토와 함께 화려한 변주를 부르지 않더라도 눈에 띄는 프리마돈나임에는 틀림없다. 따라서 음악적인 테크닉만 제외하면 〈로엔그린〉에서 〈라인의 황금〉으로의 변화는 가히 혁명적이라 할 수 있다.

〈신들의 황혼〉은 이 두 작품 사이에 존재한다. 단, 음악은 〈라인의 황금〉이 만들어진 지 20년 후에 완성되었기 때문에 바그너 후기의 원숙한 화성적 양식을 보인다. 바그너는 처음 니벨룽 전설에 바탕을 둔, 〈지크프리트의 죽음〉이라는 제목의 오페라를 구상하였는데 이 전설은 입센과 바그너에게 똑같이 아주 인상적인 극적 비극의 소재를 제공해 주었다. 사실 입센의 〈헬겔란의 전사〉(사가*를 소재로 한 애증극)는 원래 〈지크프리트의 죽음〉이 의도하던 바와 본질적으로 같은 작품이다. 즉, 〈니벨룽의 반지〉와는 달리 형이상학적이고 우의적인 개념을 지니지 않은 극장용 영웅극이다. 사실 니벨룽 전설의 파국은 아무리 교묘하게 꿰다 붙인다 해도 〈라인의 황금〉, 〈발퀴레〉, 〈지크프리트〉의 분명한 우의적 목적에 들어맞지 않는다.

---

* 아이슬란드에 전해오는 고(古) 노르드어로 된 이야기

제5장

프로테스탄트로서의 지크프리트

〈지크프리트의 죽음〉의 원래 계획안이 풍성한 철학적 요소를 지닌 이유는 지크프리트 자신이 활기 넘치는 강렬한 생의 충동에 자신을 전적으로 맡기고 성장한 건강한 인물이기 때문이다. 그의 생명력은 두려움, 양심의 가책, 악에 따르는 법과 질서의 임시방편이나 도덕적 근거 등을 초월한 것이다. 죄책감이나 양심에 시달리는 현대인들에게 이런 인물을 이해하기란 힘들지 모른다. 하지만 이런 인물들이 몹시 매력적이고 유쾌하게 비치는 것은 사실이다. 모름지기 세상 사람들은 양심에서 해방된 사람을 보면서 항상 즐거워했다. 펀치*나 돈 후안에서 시작해 프랑스 희극의 전형적 악당이나 팬터마임에 나오는 어릿광대에 이

_____

* 영국의 익살 인형극 〈펀치 앤 주디〉의 주인공

르기까지 그런 인물들은 언제 어디서나 많은 관객을 불러 모았다. 하지만 그들 모두 마지막에는 지옥에 떨어지고 만다. 영원한 형벌도 그들의 소행에는 과분하다고 보는 사람이 있다. 예를 들어 고(故) 리튼 경은 자신의 소설, 《이상한 이야기》 속에 강렬한 생명력의 희열을 형상화한 인물을 등장시켰다. 하지만 그는 이 인물에게 당시 소설 속에 나오는 가장 야비한 등장인물에게조차 허락되었던 영원한 영혼을 부여하지 않았다. 대신 장난기가 많고 잔인하며 비정한 성격을 신체적, 정신적으로 흠잡을 데 없이 건강한 그에게 불가피한 것으로 인정하였다.

다시 말해, 인간은 넘치는 생명력과 그러한 충동에 몸을 맡기는 일에 매력을 느끼지만, 자신을 깊이 불신하는 탓에 이런 것들이 해악을 불러일으킨다고 생각한다는 것이다. 따라서 말 그대로 신이 이끄는 대로 복종하면서 자신을 헌신하거나, 아니면 적어도 어떤 이성적인 도덕 체제에 순응하면서 이러한 생명력을 억압하거나 제지하지 않으면 전세계가 파멸할 것이라고 믿는다. 하지만 현명한 사람들은 이 세상에 신의 인도 따위는 존재하지 않으며 현실 세계의 제도들이란 시정(詩情)이 결여된 가짜 '계시'들에 불과하다는 것을 깨달았다. 그러자 자연스럽게 인간의 선행도 실은 악행과 마찬가지로 인간의 자의적인 의지에 따른 것이라는 결론에 이른다. 그리고 만약 진보라는 것이 정말로 있다면, 인간의 선행 충동은 파괴 충동에 의해 강해진다는 것까지 명백해진다. 이런 사고에 영향을 받아 우리는 지금까지 들어왔던 신의 은총이나 이성의 시대라는 말 대신 생명의 희열에 관하여 들을 수 있게 되었다. 그리고 일부 대담한 사람들은 교회나 법 등이 인간의 자유로운 의지를 제한함으로써 선보다도 악을 더 많이 행했던 것이 아닐까 하는 의문을 품기 시작했다. 400년 전, 신과 계시에 대한 믿음이 유럽 전체를 지배했을 때에도 이와 유사한 움직임이 있었다. 당시 강심장의 소유자들이 신과 계시에 대한 해석으로 사람들 각자의 개인적 판단이 교회가 내세운 것보다 더 신뢰할 만하다고 주장하였다. 이를 프로테스탄티즘*이라고 부른다. 하지만 프로테스탄트들은 자신들이 내건 교의를 끝까지 밀고 나갈 만큼 강하지 못해서 얼마 못 가 자기들 손으로 교회를 세운다. 그럼에도 대체적으로 볼 때 프로테스탄트가 취한 방향은 옳았다. 오늘날 프로테스탄티즘 속에 있던 초자연적 요소는 사라졌다. 만약 지금도 인간 개개인의 판단이 '인간'의 의지를 해석하는 데 가장 신뢰할 만한 것이라면(이것은 과거 신의 의지에 대한 진술보다 더 극단적인 것이 아니다) 프로테스탄티즘은 새롭게 한걸음 더 나아가 무정부주의가 되어야 한다. 그리고 실제로 그런 일이 일어나 무정부주의는 18세기와 19세기에 걸쳐 주목할 만한 새로운 교의가 되었다.

이러한 무정부주의 이론에 숨어 있는 약점은 그것이 이미 인류가 이룩해놓은 진보에 의지한다는 점이다. 이 세상에 인류만한 존재는 없다. 여기서 다루고 있는 범주는 다수의 인간들이어야 한다. 그 중 어떤 자는 대악당이고 어떤 자는 위대한 정치가며 또 어떤 자는 양쪽 모두에

* 16세기 종교개혁에서 시작, 발전·분화하여 오늘날 로마 가톨릭 교회, 그리스 정교회와 함께 기독교의 3대 세력을 형성한 여러 교파 및 그 사상의 총칭

해당하기도 한다. 대다수의 인간들은 자기 주변에서 일어나는 일상적인 일들은 처리하지만, 사회 조직을 이해하지 못하거나 주변 사람들과의 다양한 관계에서 발생하는 문제에 대처하지 못한다. 만약 인류라는 말이 이 대다수 인간을 의미하는 것이라면, 인류는 진보는커녕 오히려이에 저항했을 것이다. 그들이 현존하는 사회 제도에 비용을 지불하지않을 것이기에 필요한 경비가 "간접세"라는 명목으로 그들 지갑에서 빠져나갔다. 그런 사람들은 〈니벨룽의 반지〉에 나오는 거인들처럼 법으로 지배해야 하며, 신중하게 그들을 편견으로 가득 채우는 한편 화려한 겉모습과 거짓 명성과 위엄으로 그들의 눈을 속임으로써 그러한 통치 체제에 대한 합의를 보장받아야 한다. 정부는 통치 능력이 있는 소수에 의해 세워지지만 일단 조직이 되고 나면 대체로 그것을 감당할 능력이 없는 사람들에 의해 이어진다. 그러다가 이것이 지나치게 문명의발전에 뒤처지거나 부패되면 간혹 유능한 사람이 나타나 이를 시정해주기도 한다. 이러한 유능한 인간은 결국 보탄과 같은 입장이다. 그들은 속으로는 법이 낡아빠진 미봉책에 지나지 않는다는 사실을 알면서도 이를 신성한 것으로 옹호하고 그들 자신이 준수해야 하며, 또 저희들끼리 회의의 눈으로 보고 비웃을지라도 겉으로는 법이 내거는 신조와 이상을 진심으로 존중하는 척해야 한다. 어떤 지크프리트도 개별적으로는 이러한 구속과 위선에서 그들을 구해낼 수 없다. 사실 지크프리트가 개별적으로는 제법 많이 등장했지만, 결과적으로 지크프리트가아닌 자들을 지배하지 않으면 파멸의 위험을 무릅쓰고 그들 손에 내맡긴 가운데 양자택일해야 하는 상황에 직면해왔다. 이러한 딜레마는 이 세상의 통치자들이 보탄과 같은 생각을 지니고 있는 한 계속되리라. 그들은 자신들이 해야 할 일이 나약하기 짝이 없는 대중에게 봉사하고 부적응자들을 생존시키기 위한 법률이나 조직을 만드는 것이 아니라, 현대의 어설픈 법이 목표로 삼고 있지만 실패하고만 사회복지를 자발적으로 이루어낼 수 있는 의지와 지혜가 있는 인간들을 육성한다는 사실을 알고 있다. 현재 대다수의 유럽인들은 살아 있을 자격이 없다. 사람들이 사회를 위해 이바지할 훌륭한 인재 육성 과제를 수행하기 위해 진심으로 그리고 체계적으로 노력할 때에야 비로소 진정한 진보가 이루어진다. 한마디로 새로운 프로테스탄티즘이 정치적으로 실현되려면 활력으로 가득 찬 추진력을 지닌 인간 족속을 키울 필요가 있다는 말이다.*

따라서 19세기에 불가피하게 등장할 수밖에 없었던 가장 극적인 생각이 종교, 법, 질서를 전방위적으로 전복시키는 천진난만한 영웅을 만들어내는 것이었다. 그 영웅은 종교, 법, 질서 대신 '인간'이 자기 마음대로 활동할 수 있는 세상을 만드는데, 이런 세상에서 인간은 인간을 위해 필요한 일을 하고 싶어하므로, 그곳에서는 혼란 대신 질서가 생겨난다. 애덤 스미스의 ≪국부론≫(1767)에서 이미 그 전조를 보인 이러한 생각은 결국 언젠가는 위대한 예술가를 맞이하여 걸작으로 열매를 맺

---

* 귀족들은 그들의 선택 방법이 아무리 잘못되었다 하더라도 항상 선택된 사람 중에서 지배자 계급을 육성해야 할 필요성을 인정해왔다. 사람들은 제도를 귀족주의에서 민주주의로 변경했지만 이와 더불어 지배계급을 형성하는 방법이 '선택'에서 '난교'로 바뀌리라고는 미처 생각하지 못했다. 현대 정치에 실제로 참여해본 경험이 있는 사람이라면 그 결과가 얼마나 어처구니없는 것인지를 잘 알리라.

을 터였다.* 만일 그 예술가가 우연히도 독일인이었다면, 그는 기꺼이 주인공을 숙명적으로 자유의지를 가진 자로 묘사해 선천적으로 형이상학에 약한 영국인을 분노로 펄펄 뛰게 했을 것이다.

---

* 애덤 스미스는 ≪국부론≫에서 국가 중심의 중상주의를 비판하고 자유방임주의를 주장한다. '자신의 상태를 더욱 향상시키려는 개개인의 자연적인 노력이 자유 및 안전을 보장받아 실행되면 이는 매우 강력한 원리가 되어 아무 도움 없이 그 자체만으로도 사회를 부와 번영으로 이끌 수 있다'고 말한다.

만병통치약을 통한
엉터리 치료, 혹은 이상주의

불행하게도 인간의 계몽 작업은 점차 고상하게 조정해나가는 식이 아니라 폭력적으로 교정하는 반작용에 의해 진행됐다. 비유적으로 말하자면 어떤 힘에 밀려 우리가 말안장 너머로 완전히 넘어갔다가 과격한 열정으로 다시 밀어내는 이와 비슷한 수준의 반작용 덕에 땅바닥에 떨어지지 않고 있다고나 할까? '교회 만능주의'와 '입헌주의'가 이쪽 힘이라면 '프로테스탄티즘'과 '무정부주의'가 저쪽 편의 반작용이다. '질서'는 우리를 혼란에서 구해낸 후 '전제 정치' 아래로 내몬다. 그러면 '자유'가 나타나 구해주지만, 이 또한 '독재'와 마찬가지로 몹시 골치 아픈 존재라는 것이 금방 드러난다. 이런 힘들을 체계적으로 균형 잡는 일이 이론적으로는 가능하나 실제적으로는 인간의 성격과 상충된다. 게다가 우리는 의학적인 측면에서 보이는 약점을 도덕적인 측면에서도 똑같이 가지고 있다. 즉, 아무리 만병통치약을 써도 낫지 않는 병이 있는 것처럼, 도덕의 세계에서도 이상만 가지고 모든 것이 해결되지는 않는다. 어떤 세대가 의무, 자제, 자기 희생을 만병통치약으로 내세운다. 그러면 다음 세대, 특히 여자들은 그 이상을 숭배하느라고 인생을 낭비했다는 사실을 나이 사십이 다되어서야 깨닫는다. 더욱 분통 터지는 일은 이러한 이상을 그들에게 강요해온 윗세대도 다른 쪽으로 온갖 실험을 물리도록 해본 끝에 속았다는 사실을 깨달았다는 점이다. 사기당한 아랫세대는 의무라는 말만 들어도 입에 거품을 물고 화를 내면서, 이를 대신할 만병통치약으로 사랑을 제시한다. 윗세대들이 강요한 의무에 복종하느라 잃은 것 중에서 가장 잔인하고 끔찍한 것이 바로 사랑을 빼앗긴 점이라고 생각했기 때문이다. 사랑이라는 만병통치약도 결국 다른 반작용들과 마찬가지로 크게 실패하리라는 경고는 먹혀 들지 않는다. 그들이 이미 일어났던 반작용들과 사랑의 동일성을 깨닫지 못하기 때문이다. 우리가 흔히 볼 수 있는 역사적 사건의 하나로 영국에서 엄격한 공화정의 뒤를 따라 왕정복고가 이어졌던* 경우를 한번 살펴보자. 열렬한 도덕주의자에게 이것이 순수하게 작용과 반작용에 해당되는 경우라고 납득시킬 수는 없다. 만약 그가 청교도라면 그에게 왕정복고는 국가적인 재앙일 것이다. 하지만 그가 예술가라면 그에게 왕정복고는 암흑과 악마 숭배와 애정의 결핍으로부터 나라를 구원하는

---

* 영국은 1649년부터 크롬웰 중심의 퓨리턴이 지배하는 공화제를 실시해 극장 폐쇄 등으로 대표되는 금욕적 사회가 되었다. 그리고 1660년 왕정복고로 찰스 2세가 즉위하자 공화제에 대한 반동으로 방종한 분위기가 만연했다.

구세주가 된다. 청교도는 시대에 맞게 몇몇 제도를 현대적으로 개선한 후 다시 공화제로 이행시키려 할 것이고, 예술 애호가도 시대에 맞게 사회를 계몽한 후 다시 왕정복고를 시도할 것이다. 그러므로 우리는 당분간 반작용에 의해 진보하는 현실에 만족할 수밖에 없다. 이어지는 반작용에 의해 지나친 부분이 수정되기는 할망정 그래도 영원히 살아남을 수 있는 실질적이고 유익한 개혁이나 도덕적 습관이 확립되기를 기대하면서……

보탄의 드라마의 기원

  보탄은 등장하지 않고 지크프리트가 주인공이었던 하나의 드라마가 어떻게 확대되어 보탄을 주인공으로 하는 4부작으로 바뀌는지 알아보자. 지렛목이 없으면 아르키메데스가 지렛대로 지구를 들어올릴 수 없듯이 반작용을 일으키는 힘만 의인화해서는 드라마를 만들 수 없다. 그러므로 새로운 세력이 대항할 기존 권력을 의인화해서 양자의 갈등을 야기하는 가운데 드라마가 이루어져야 한다. 갈등이야말로 모든 드라마의 본질적 요소이기 때문이다.

  〈신들의 황혼〉에 주인공으로 등장하는 지크프리트는 오페라 교본에 나올 법한 건장하고 강인한 성격의 테너 역으로, 마지막 막에서 칼에 찔린 후에도 도니체티의 〈람메르무어의 루치아〉에 나오는 에드가르드처럼 죽음을 미루면서까지 여주인공에 대한 사랑의 노래를 열정적으로

부르는 남자다. 하지만 얼마 지나지 않아 바그너의 머릿속에서 지크프리트가 기쁨에 넘치면서 두려움이나 양심을 모르는 영웅성이 보다 폭넓은 의미를 띠게 되자, 그를 확실하게 이해시키기 위해서 오페라의 전통적 악역인 하겐보다 스케일이 큰 대립 인물을 설정해야 했다.

이리하여 바그너는 지크프리트의 쇠망치에 두들겨 맞는 모루로서 보탄이란 인물을 만들어냈다. 그런데 원래 오페라 대본에 보탄이 등장할 여지가 없었기에 그는 주로 인간 사회의 기원까지 거슬러 올라가는 서막을 만들지 않을 수 없었다. 또한 전세계를 아우르는 장대한 스케일 속에서 지크프리트는, 보탄이나 프리카로 대표되는 초자연적인 종교나 정치적 입헌주의 같은 고상한 세력보다는 비천하고 어리석은 수많은 세력들과 싸워야 했다. 따라서 이렇게 별로 중요하지 않은 대립 인물로 알베리히, 미메, 파프너, 로게 등등을 설정해 드라마 속에 등장시켜야 했다. 이들 중 알베리히만 제외하고는 아무도 〈신들의 황혼〉에 등장하지 않는다. 알베리히가 꿈속에서 하겐과 대화하는 으스스한 장면(제2막)이 인상적이긴 하지만, 〈햄릿〉의 망령 장면이나 〈돈조반니〉의 석상 장면과 마찬가지로 극적 효과를 노린 것일 뿐 별 의미는 없다.

노른의 이야기 장면이나 브륀힐데의 여동생인 발트라우테의 브륀힐데 방문 장면을 삭제하더라도 〈신들의 황혼〉은 드라마적 일관성을 잃지 않는다. 하지만 앞에 나오는 〈라인의 황금〉, 〈발퀴레〉, 〈지크프리트〉와 대사상으로는 연결되지 않는다. 그러나 그렇게 연결되었다고 해서 철학적 일관성이 구축된 것은 아니며 또 기비히성 사건(금방 이야기할)에 나오는 연극적인 브륀힐데와 보탄과 태초의 어머니 에르다 사이에서 태어난 딸 브륀힐데가 실제 동일 인물인지도 밝혀지지 않는다.

사랑이라는 이름의 만병통치약

음악극에서 오페라로 변한 시점부터 〈니벨룽의 반지〉는 더이상 철학적이기를 포기하고 교훈을 주는 이야기가 되는데, 이에 대해 좀더 살펴보자. 바그너도 말했듯이 철학적인 부분은 세상을 드라마로 상징한 모습이다. 하지만 교훈적인 부분에서 철학은 인간의 모든 병을 고치는 신비한 묘약으로 타락한다. 바그너도 결국 어쩔 수 없는 인간에 불과했기에 자신의 철학이 고갈되자 다른 사람들과 마찬가지로 만병통치약에 열광하게 된다.

물론 바그너가 내세운 만병통치약이 독창적인 것은 아니다. 바그너보다 먼저 서섹스 출신의 셸리라는 젊은 시골 신사가 1819년에 예사롭지 않은 예술적 박력과 광채를 지닌 작품을 썼다. 〈사슬에서 풀린 프로메테우스〉*는 영국판 〈반지〉 이야기로 바그너가 마흔 살에 〈니벨룽의 반지〉 대본을 완성한 반면, 셸리는 겨우 스물일곱 살에 〈사슬에서 풀린 프로메테우스〉를 완성해 질투심 많은 영국인의 천박한 애국심을 충족시켜주었다. 두 작품 모두 신과 신의 지배에 대한 인간의 투쟁을 그린 것으로 인간의 의지가 완전한 힘과 자신감을 갖게 됨에 따라 신들의 압제에서 해방된다는 내용이다. 또 두 작품 모두 마지막에 가서는 모든 악에 대한 치료약이자 모든 사회적 어려움의 해결책으로 사랑을 내세움으로써 만병통치약에 의존하는 교훈주의에 빠지고 만다.*

〈사슬에서 풀린 프로메테우스〉와 〈니벨룽의 반지〉의 차이점 또한 유사점과 마찬가지로 매우 흥미롭다. 셸리는 젊은 혈기에서 오는 치기 및 맹렬하게 밀려오는 신종교개혁의 열기와 뛰어난 예술적 역량에서 오는 성급함에 처음으로 사로잡혀 주인공의 적대자를 가차 없이 공격한다. 셸리가 주피터(제우스)라고 부른 그의 보탄은 전지전능한 마왕으로, 무지한 성서 숭배와 파렴치한 상업주의가 판을 치던 200년 동안 영국인의 신이 타락해간 모습이다. 제우스는 알베리히, 파프너, 로게, 그리고 보탄의 야심가적 면모가 멜로드라마적 악마의 모습으로 집약된 것으로, 결국 '영원한 법'을 대표하는 존재에 의해 비명을 지르며 왕좌에서 나락으로 곤두박질치게 된다. 그 이래 이 '영원한 법'이 '진화'의 개념으로 대체되었다. 바그너는 1819년의 셸리보다 나이도 많고 경험도 풍부했기에 보탄을 이해하고 용서해준다. 셸리가 무자비하

---

* 셸리가 아이스킬로스를 취재하면서 독자적인 이야기를 전개시킨 극시
* 프로메테우스는 인간에게 불을 준 죄로 주신 제우스에 의해 바위에 묶인다. 그러나 제우스가 자신의 아들에 의해 나락에 떨어지자 프로메테우스는 해방되어 바다의 요정과 결혼, 세계가 되살아난다.

게 그를 얽어매었던, 모든 불명예스러운 굴레로부터 그를 해방시켜준다. 그뿐이 아니다. 그를 파멸시킨 진실과 영웅주의가 사실은 그의 마음속 깊은 곳에서 우러난 것이라고 주장하는가 하면, 그를 자신의 퇴진과 소멸을 묵묵히 받아들이는, 아니 그러려고 애쓰는 존재로 표현한다. 셸리도 나이를 먹어감에 따라—물론 중년의 나이까지도 살지 못했지만—후기 작품에서는 바그너와 같은 관용, 정의, 겸손의 정신으로 나아가고 있음을 보여준다. 하지만 사랑이라는 만병통치약에 관한 한, 바그너 작품에 등장하는 사랑에 밤과 죽음의 그림자가 드리워졌다는 점을 제외하고는 셸리로부터 어떤 것도 진화되지 않았다. 그러기는커녕 사랑이 생에 대한 욕망을 충족시키므로 이것이 충족된 인간은 삶의 의지 때문에 더이상 괴로워하지 않고 마침내 죽음을 가장 큰 행복으로 받아들인다는 점이야말로 사랑의 가장 위대한 점이라는 견해를 분명히 밝히고 있다.

하지만 셸리는 사랑이라는 만병통치약을 그렇게 터무니없이 전락시키지는 않았다. 왜냐하면 〈사슬에서 풀린 프로메테우스〉에서 만병통치약으로 등장하는 사랑은 성적인 정열과는 무관한, 사랑이 넘치는 자비심이기 때문이다. 이러한 자비심은 어쩌면 성적 관심과는 전혀 무관한 영역에 존재한다. 자비와 친절이라는 단어보다는 사랑이라는 말이 모호하게 성적인 의미를 내포하는 경우가 많다. 하지만 바그너는 항상 자신의 관념에 육체적인 감각을 연결시켰다. 따라서 관객은 그가 나타내고자 하는 관념을 18세기 방식으로 생각하고 상상할 뿐만 아니라 무대를 통해 눈으로 보고 오케스트라의 연주를 통해 귀로 들으며 열렬한 감정을 온몸으로 느낀다. 버클리에 반박하기 위해 돌을 차 버린 존슨* 박사조차 상식에 뿌리를 둔 구체성의 추구라는 면에서는 바그너를 따라갈 수 없다. 바그너는 어떤 경우든 추상적인 이해에 현실성을 부여하려면 감각적 파악이 필요하고, 사실상 현실이야말로 바로 이러한 감각적 파악에 다름 아니라고 주장한다. 그는 시적인 사랑에 대해서도 이른바 그 애정의 원천이라고 생각하는 성적 정열로 거슬러 올라감으로써 이 주장을 적용할 수 있었다. 그리고는 셸리가 들었으면 분개했을 정도로 그 감정적인 현상을 솔직하고 자연스럽게 음악으로 표현해냈다. 〈발퀴레〉 제1막 사랑의 이중창은 너무 열정적인 나머지 우리 사회의 관습에 의거해 서둘러 막을 내린다. 그리고 연인들의 결합에 따르는 감정을 눈이 휘둥그레질 정도로 강렬하고 섬세하게 표현한 〈트리스탄과 이졸데〉 전주곡은 오케스트라 콘서트에서 굉장한 인기를 누리고 있다. 그런데 과연 청중들이 생명 창조의 임무를 대범한 마음으로 존중해서 그러는 것인지 아니면 내용도 이해하지 못한 채 그저 음악만 즐기는 것인지 의심스러울 때가 있다.

인간의 본성에 뿌리를 둔 이러한 열정을 찬양하는 것이 추잡하고 상스럽다는 생각은 분명 무척이나 비인간적이고 모욕적인 것이다. 하지만 사랑을 만병통치약으로 치켜세우는 것만큼이나 사랑을 깔보는 것

---

* Samuel Johnson, 1709~1784, 영국 문인 존슨은 지각을 떠나서는 아무것도 존재할 수 없다는 버클리의 주관적 관념론을 논박하기 위해 돌을 차 보였다.

또한 인간의 공통된 감성이다. 셸리의 자비와 자애조차도 보편적인 행동 법칙으로 유효한 것은 아니다. 지크프리트가 파프너, 미메, 보탄에게 그러했듯이 셸리 자신도 제우스를 아주 재빨리 처치한다. '영원'을 모호하게 의인화한 존재인 데모고르곤의 개입으로 프로메테우스는 제우스의 몰락에 손가락 하나 까닥하지 않아도 되지만, 그렇다고 상황이 해결되는 것은 아니다. 단언하건대, 데모고르곤 같은 자는 이 세상에 존재하지 않으며 프로메테우스가 자기 손으로 직접 제우스를 쫓아버리지 않는 한, 다른 누구도 그 일을 하지 않을 것이기 때문이다. 셸리 같은 시인들이 영웅들로 하여금 피바다와 파괴의 세계를 헤쳐나가게 한 후 브라우닝의 다비드가 말하듯이(하필이면 다비드!) '모든 것이 사랑, 하지만 모든 것이 법'*이라는 결론에 도달하도록 한 것은 그토록 재미있지만 않다면 매우 분통 터지는 일일 것이다.

지크프리트가 잠들어 있는 인물의 갑옷을 칼로 찢고 그가 여자라는 사실을 처음 알았을 때 느낀 두려움, 그 두려움이 열정으로 변해 여자의 몸에 손을 댔을 때 그녀가 나타내는 격렬한 반발, 그의 남자다운 승리감, 그녀가 두 사람을 사로잡은 정열에 비로소 몸을 맡겼을 때 느끼는 여자다운 황홀과 전율, 이런 것들로 암시되는 사랑은 우리들 대다수와 마찬가지로 그들에게도 휴가중의 즐거운 기분 전환이라면 몰라도 그 이상이라면 차라리 경험하지 않는 편이 훨씬 낫다. 이러한 애

---

* 브라우닝의 51편의 시를 모은 시집 《남과 여》(1855) 중 '사울' 242행

정은 바그너의 고된 삶에서 커다란 역할을 하지 못했고, 〈니벨룽의 반지〉에서도 두 장면밖에 나오지 않는다. 전적으로 이러한 사랑에 바쳐진 〈트리스탄과 이졸데〉는 파멸과 죽음의 시다. 활력과 재미와 행복감으로 충만한 작품인 〈뉘른베르크의 명가수〉(1868)에는 열렬하다고 할 만한 사랑의 음악이 단 한 소절도 없다. 작품의 주인공인 홀아비는 구두를 수선하고 시를 쓰고 손님들의 사랑하는 모습을 그저 바라보는 것으로 만족해하는 인간이다. 한편 〈파르지팔〉은 사랑에 종지부를 찍는다. 일인즉슨 이렇다. 〈신들의 황혼〉과 〈지크프리트〉 마지막 막에서 볼 수 있는 사랑이라는 만병통치약은 이 이야기를 처음 오페라로 구상할 때의 원래 생각이 살아남은 것인데, 바그너가 나중에—비록 최근은 아니지만—갖게 된 사랑에 대한 생각, 즉 '사랑이란 생의 의지를 충족시키고 따라서 밤과 죽음을 받아들이게 하는 것'이라는 생각에 따라 수정된 것이다.

사랑이 아니라 생명

 분별 있는 제자가 〈니벨룽의 반지〉에서 얻을 수 있는 신념은 딱 하나, 사랑이 아니라 끊임없이 진화하면서도 지칠 줄 모르는 힘으로서의 생명력 그 자체를 믿어야 한다는 것이다. 이것은 '영원히 여성적인 것' * 이나 외부의 감상적인 것에 의해 생기는 것이 아니라 자기 자신의 불가해한 에너지에 의해 내면으로부터 성장해서 늘 좀더 고차원적인 조직의 형태로 진화한다는 점에 부디 유의하기를……. 아울러 이러한 생명의 강한 힘과 그 힘의 결핍이 앞서 필요에 따라 만들어진 제도를 줄기차게 몰아내고 있다는 점을. 우리 주변의 바쿠닌들이 유서 깊은 제도를 타파하라고 부르짖는다고 해서 공황 상태에 빠져 의회가 바로 그들이

---

* 괴테의 〈파우스트〉 제2부 끝에 나오는, 인간을 더 높은 차원으로 끌어올리는 개념

충고한 바를 하나둘 실행에 옮기는 동안 그들을 감옥에 가두어둘 필요는 없다. 또한 우리 주변의 지크프리트들이 낡은 무기를 녹여 새로운 무기를 만들어내고 나이 든 경찰이 쥐고 있는 곤봉을 욕설과 함께 부러뜨린다 해서 세상의 종말이 다가오는 것은 아니다. 만물의 영장인 인간이 정말로 퇴보하고 있다면 자연히 인간 사회도 소멸될 것이다. 그렇게 되면 공포심을 유발하는 형벌에 의지해서 사회를 구할 수는 없는 일이다. 따라서 우리는 낡은 인간을 쓸데없이 괴롭힐 것이 아니라 프로메테우스처럼 새로운 인간을 창조해야 한다. 만일 생명의 에너지가 여전히 인간을 좀더 높은 차원으로 끌어올려주고 있다면, 더 많은 젊은이들이 연장자에게 충격을 주면서 그들이 애착을 갖는 사회 제도를 조롱하고 폐지하면 할수록 세상에 대한 희망도 그만큼 커질 것이다. 왜냐하면 무정부주의의 성장 정도가 사회의 진보 수준을 가늠하는 유일한 수단이기 때문이다. 만약 우리가 역사를 이해할 줄 아는 깜냥이 된다면—아직 역사가 우리에게 이렇다 할 만한 것을 가르쳐주지는 않았지만—우리는 역사로부터 다음과 같은 사실을 배울 것이다. 사회 조직이 미숙한 상태에서 복잡한 상태로 변화하고 기계적으로 작용하던 정부 기관이 살아 움직이는 유기체로 변화하는 과정도 처음에는 무정부적인 것처럼 보인다는 것을……. 달팽이에게 있어 껍데기 없이 살 것을 강요하는 진화란 결국 바깥 세상에 노출됨으로써 전체적으로 죽음을 맞이하는 것을 의미한다. 그렇지만 지금 가장 훌륭한 집에 살고 있는 존재는 등에 집을 지고 있기는커녕 털도 가죽도 없이 태어나지 않았는가.

무정부주의는 만병통치약이 아니다

지크프리트의 무정부주의, 좀더 고상한 표현이 좋다면 그의 신(新) 프로테스탄티즘에 끌리는 사람에게 한마디 해두고 싶다. 무정부주의를 만병통치약으로 여기고 있다면 이 또한 다른 만병통치약과 마찬가지로 어쩔 수 없다는 사실을 알아야 한다. 가령 완벽하게 자애로운 인간 일족을 낳아서 키운다고 해도 결과는 마찬가지일 것이다. 생각해보면 무정부주의는 분명 진보적인 발전 단계의 필수 조건이다. 자유사상가— 즉 지적인 무정부주의자—가 없는 나라는 중국(청나라)과 같은 운명을 걷게 될 것이다. 또 범죄와 형벌—복수심과 잔인성을 고결함으로 가장한 것에 불과한—의 개념에 기초한 형법은 몹시 혐오스러운 악폐로, 그 폐해와 무용성을 조금이라도 겪어본 사람이라면 결국 그것을 없애버리려 한다. 하지만 무정부주의로 대체되지는 않을 것이다. 무정부주의를 현대 사회의 산업과 기계적인 정치 조직에 적용하면 금세 우스꽝스럽게 변할 것이 틀림없기 때문이다. 현대 문명의 기반이 되고 있는 수정된 형태의 무정부주의도 나을 것이 없다. 다시 말하면, 개인의 자유라는 미명 하에 사적인 이익을 위한 경쟁에 목숨을 건 자본가들 손에 산업을 넘겨준 것은 엄청난 재앙이었다. 그 바람에 어쩔 수 없이 질서정연한 사회주의에 자리를 양보하고 있다. 이 문제와 관련된 경제 원리에 대해서는 지크프리트의 제자들에게 페이비언 협회*가 출판한 ≪무정부주의의 불가능성≫을 한번 읽어보라고 권한다. 여기에는 우리가 사는 지구의 물리적 조건 때문에 의식주에 소요되는 물자를 효율적으로 생산할 수 없을 뿐만 아니라 무정부적인 계획으로는 이것들을 공평하고 효율적으로 배분할 수 없다는 사실이 설명돼 있다. 따라서 현재보다 좀더 강도 높게 사회 활동에 협력하지 않으면, 현재의 정치 사기꾼이 번영이나 문명이라 부르는 상황, 즉 소수의 부자와 다수의 빈민이 뒤죽박죽 얽힌 부당하고 파괴적인 국면을 타개해나갈 수 없다. 자유란 멋진 것이다. 하지만 사회가 맨 처음 벌어들인 것으로 날이면 날마다 '자연'에게 지고 있는 빚을 갚지 않는 한 자유를 얻을 수 없다. 그렇게 하지 않으면 다른 사람의 돈으로 살아가는 자유밖에 없을 것이다. 하긴 이러한 자유를 고상한 삶의 기준으로 여기는 바람에 요즘 들어 많은 이들이 자유를 추구하고 있다. 하지만 공공의 복지 차원에서 보면 결코 건전한 것이라고 할 수 없다.

---

* 1884년 쇼와 웨브 등이 설립한 영국의 점진적 사회주의 단체

〈지크프리트〉의 결말

지크프리트의 모험으로 이야기를 돌리자면 오페라의 피날레라고밖에는 딱히 더 할 말이 없다. 아무런 상처 없이 불꽃 벽을 통과한 지크프리트가 브륀힐데를 잠에서 깨운 후, 첫눈에 보고 사랑에 빠진 황홀한 느낌을 이중창으로 부르는데 이 노래는 '죽음을 비웃으면서 밝게 비추는 사랑!' 이라는 가사로 끝을 맺고 있다. 밝게 빛나는 사랑과 웃고 있는 죽음, 이 둘은 서로 간에 너무 깊이 얽혀 있기 때문에 보통 하나이면서 똑같은 것이라는 사실을 확인해주고 있다.

제6장
신들의 황혼

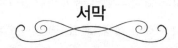

서막

〈신들의 황혼〉은 정교한 서막으로 시작된다. 어스름한 초저녁, 세 명의 노른이 브륀힐데의 바위산 위에서 운명의 그물을 짜면서 보탄이 한쪽 눈을 희생한 이야기, 그가 우주목(물푸레나무)을 꺾어 창을 만든 이야기, 이 무자비한 행동으로 그 나무가 고통스럽게 말라죽은 이야기 등을 주고받는다. 그녀들의 이야기 중에는 새로운 소식도 있다. 지크프리트에게 창을 꺾인 보탄은 자신의 모든 영웅을 불러들여 말라죽은 물푸레나무를 잘라 쓰러뜨린 후 발할라 주위에 장작더미를 쌓아올리게 한다. 그리고는 부러진 창의 파편을 손에 들고 넓은 홀에 있는 왕좌에 당당하게 앉아 마치 의회를 소집한 듯 신과 영웅들을 주변에 모아놓고 엄숙하게 종말을 기다린다는 것이다. 이 모든 것은 바그너가 〈니벨룽의 반지〉를 처음 구상할 때 소재로 삼은 오래된 전설에 들어 있다.

세 번째 노른이 엮고 있던 그물이 툭하고 끊어지면서 이야기는 중단된다. 이것은 인간이 더이상 상황, 환경, 숙명(이제 인간은 그것을 자유롭게 추구할 수 있다), 그 밖의 다른 모든 필연적인 운명에 굴하지 않고, 스스로 운명을 개척할 때가 왔음을 의미한다. 노른은 자신들이 더이상 이 세상에 필요하지 않다는 것을 깨닫고 태초의 어머니 에르다가 있는 땅속으로 돌아간다. 이어 여명이 밝아오고 지크프리트와 브륀힐데가 나타나 또다른 이중창을 부른다. 그는 그녀에게 자신의 반지를 주고 그녀는 그에게 자신의 말을 준다. 그는 좀더 많은 모험을 찾아 길을 떠나고, 그녀는 바위 위에서 떠나는 지크프리트의 모습이 보이지 않을 때까지 그를 바라본다. 여기서 막은 내리지만, 지크프리트의 맑은 뿔피리 소리나 산골짜기를 뛰어 내려오는 말의 경쾌한 말발굽 소리가 아직도 들려온다. 그가 라인강 기슭에 도착함에 따라 이러한 소리들은 웅장한 강물 소리에 묻혀버린다. 라인의 처녀들이 빼앗긴 황금을 탄식하는 노래가 다시 들려온다. 이어 마지막으로 새로운 노래가 들려오는데 이 노래는 격렬하게 넘쳐흐르는 강물처럼 밀어닥치는 것이 아니라 건장한 남자들이 강렬한 대지의 향기를 풍기면서 쿵쿵 다가오는 발소리처럼 들린다. 이윽고 오페라의 막이 오른다. 지금까지의 이야기는 그저 서막에 불과했음을 잊지 마시기를.

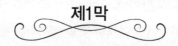

제1막

　막이 오르기 전부터 들려오던 쿵쿵거리는 노래의 의미가 서서히 드러

난다. 이곳은 라인강가에 있는 기비히가의 응접실. 왕인 군터, 여동생

구트루네, 군터의 이부형제(異父兄弟)인 악당 하겐이 모여 있다. 군터는

자고로 항상 어리석은 자가 악당의 영리함을 존경하듯이 하겐의 지력

을 부러워한다. 칭찬하는 소리 좀 들어보려고 그는 하겐에게 멋진 남자

요, 기비히가의 영광이라고 불러 달라고 간청한다. 그러자 하겐이 군터

에 대한 부러움을 금할 수 없다고 하면서 그에게 어울리는 훌륭한 반려

자를 아직 찾지 못한 것이 안타깝다고 말한다. 군터는 과연 그렇게 훌

륭한 여성이 있을지 의심스러워한다. 그러자 하겐은 브륀힐데와 그녀

를 둘러싼 불꽃 벽, 그리고 지크프리트에 대해 말해준다. 하지만 군터

는 이 이야기를 선의로 받아들이지 않는다. 왜냐하면 군터는 불을 두려

워하지만, 하겐의 말에 따르면 지크프리트는 이를 두려워하지 않기 때문에 그 자신이 브륀힐데를 아내로 맞을 것이라는 것이다. 하겐은 지크프리트가 지금 모험 길에 올랐는데 분명 명성이 자자한 기비히가의 군주를 방문하러 올 것이라는 사실을 지적한다. 그리고 지크프리트가 오면 마법의 약을 먹여 구트루네에게 빠지게 한 후 지금까지 만난 다른 여자들은 싹 잊어버리게 하자고 제안한다.

군터는 하겐의 간사한 계략에 경탄하며 이 계획을 받아들인다. 하겐의 말이 끝나자마자 아주 시간을 딱 맞추기나 한 듯 지크프리트가 도착하고, 그의 계략대로 묘약을 먹은 지크프리트는 구트루네에 대한 따뜻한 사랑에 마음을 빼앗겨 브륀힐데와 자신의 과거 따위는 까맣게 잊어버리고 만다. 군터가 불꽃 벽 때문에 얻을 수 없는 신부를 향한 자신의 갈망을 털어놓자, 지크프리트는 즉시 그를 위해 자기가 신부를 데려다 주겠다고 제안한다. 그러자 하겐이 대화에 끼어들어 말하기를 지크프리트가 불꽃을 통과한 뒤 마법의 투구를 이용해 군터의 모습으로 변신해서 브륀힐데 앞에 나타날 수 있다고 한다. 지크프리트는 그제서야 비로소 마법의 투구를 어떻게 사용하는지 알게 된다. 군터는 동생 구트루네를 지크프리트의 아내로 주겠다고 약속한다. 두 사람은 피로써 의형제를 맺기로 맹세하는데, 바로 이 대목에서 이런 경우면 으레 나오게 마련인 음악이 유쾌하게 울려퍼진다. 금관 악기의 어마어마한 소리와 함께 테너와 바리톤이 한껏 자신들의 목소리의 위력을 과시하고 카논의 형태로 상대의 말을 서로 반복하며 3도나 6도 음정으로 화음을 이루다가 으스스한 제창(유니존)으로 마친다. 마치 루이 고메츠와 에르나니*, 혹은 오셀로와 이아고* 같다. 지크프리트는 군터를 데리고 순조롭게 산기슭으로 향하고 하겐은 남아서 성을 지키면서 리히터*의 연주회에서도 곧잘 들을 수 있는 아름다운 솔로를 부른다. 하겐은 지크프리트가 반지를 가지고 돌아오면, 술책을 써서 반지를 자기 것으로 만들고 금권 제국의 왕으로 군림할 것이라고 노래한다.

아마 여러분들은 하겐이 어떻게 금권제국에 대해 알고 있는지, 브륀힐데와 지크프리트의 관계를 어떻게 알고 군터에게 가르쳐줄 수 있었는지, 그리고 마법의 투구의 비밀을 어떻게 지크프리트에게 설명할 수 있었는지 궁금할 것이다. 하겐이 이 모든 사실을 아는 이유는, 그가 군터와 어머니는 같지만 아버지가 훌륭한 기비히 가문 사람이 아니라 바로 알베리히이기 때문이다. 알베리히 역시 보탄과 마찬가지로 자신이 못다 이룬 꿈을 이루기 위해 아들을 둔 것이다.

지금까지 벌어진 일련의 사건을 보면서 이 음악극의 심오한 철학이 자신에게 너무 두려운 것이라고 생각하는 점잖은 도학자가 있다면 그는 기꺼이 지크프리트가 마신 묘약을, 사람을 미치게 만드는 정열의 잔으로, 일단 맛을 보고 나면 아무리 훌륭한 인간이라도 본처를 잊고 바람을 피우다 결국 파멸의 나락으로 곤두박질치게 된다는 우의를 담은

---

* 베르디의 오페라 〈에르나니〉(1844) 제2부의 서약의 이중창
* 베르디의 오페라 〈오셀로〉(1887) 제2막 서약의 이중창
* Hans Richter, 1843~1916, 독일 지휘자로 〈니벨룽의 반지〉를 초연. 영국에 바그너를 소개하는 데도 공헌

것으로 해석할 것이다.

이제 보탄의 비극적인 최후가 펼쳐질 차례다. 배경은 다시 브륀힐데가 있는 바위산. 브륀힐데의 여동생 발트라우테가 오고 있다. 그녀는 아버지 보탄이 자신의 죽음을 엄숙하게 기다리는 모습을 목격했었다. 그녀는 노른이 이미 한 이야기를 되풀이한다. 그녀가 불안에 휩싸여 보탄의 무릎에 기대 있다가 "만일 반지가 라인강 맡바닥에 있는 처녀들에게 돌아간다면 알베리히가 라인의 황금에 건 저주로부터 신과 세계 모두 구원받을 수 있을 텐데……" 하고 중얼거리는 소리를 들었던 것이다. 그 말을 듣고 그녀는 급히 말에 뛰어 올라 하늘을 날아 브륀힐데에게 반지를 되돌려주라고 부탁하러 온 것이다. 그런데 이는 여인에게 교회와 법을 위해 사랑을 포기하라고 말하는 것이다. 브륀힐데는 이 두 가지가 먼저 망하는 꼴을 볼 것이라고 딱 잘라 말하고 실망한 발트라우테는 발할라로 발길을 돌린다. 브륀힐데가 동생이 날아가는 자리에 뇌운(雷雲)이 깔리는 모습을 보고 있는 동안 로게의 불길이 다시 높이 타오른다. 지크프리트가 불길을 헤치고 가까이 다가옴에 따라 그의 뿔피리 소리가 들려온다. 하지만 브륀힐데 앞에 나타난 남자는 마법의 투구를 쓰고 있는데 한 번도 들어본 적이 없는 낯선 목소리에 한 번도 본 적이 없는 기비히가의 군주다. 그는 브륀힐데의 손에서 반지를 빼내더니 자신의 신부라고 선언하고, 공포와 번민에 휩싸인 그녀를 조금도 불쌍히 여기지 않고 동굴 속으로 끌고 간다. 그리고 현재 자신이 그의 모습으로 변신한 친구에 대한 신의의 증거로 그녀와 자신의 사이에 노퉁을

둔다. 왜 브륀힐데한테서 반지를 강탈하는지 그 이유에 대해서는 일언

반구도 하지 않는다. 확실히 이 지크프리트는 앞의 드라마에 나왔던 지

크프리트와는 다르다.

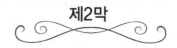

제2막

무대는 다시 기비히가의 성. 이제 밤도 서서히 물러가고 있다. 하겐은 여전히 손에 창을 들고 방패를 옆에 둔 채 망을 보고 앉아 있다. 그의 무릎 근처에 난쟁이 망령이 쭈그리고 있다. 다름 아닌 하겐의 아버지 알베리히. 그는 여전히 보탄에 대한 원한에 가득 차서 아들의 꿈에 나타나 반지를 빼앗아달라고 조른다.

하겐이 그렇게 해주겠노라고 약속하자 아버지의 환영은 사라진다. 해가 떠오르자 지크프리트가 마법의 투구를 허리에 묶고 느닷없이 돌아온다. 〈아라비안나이트〉에 나오는 마법의 양탄자처럼 마법의 투구 덕분에 산에서부터 눈 깜짝할 사이에 날아왔다고 한다. 그가 간밤에 있었던 모험담을 구트루네에게 이야기하고 있는데 군터의 배가 들어온다. 이를 본 하겐은 뿔피리를 불어 일족을 모두 불러 모은 후 군주와 그

144

신부를 맞이할 준비를 하라고 명령한다. 깜짝 놀란 일족이 서둘러 무기를 잡고 서로 이야기를 주고받다가 우렁찬 합창으로 끝을 맺고 딸림음에서 으뜸음으로 빠르게 전환되는 강박(强拍)의 타악기들로 표현되는 이 장면은 무척 유쾌하다. 만일 로시니가 베토벤의 제자였다면 이렇게 표현하지 않았을까?

하지만 음산한 장면이 이어진다. 군터는 잡아온 신부를 곧장 지크프리트 앞으로 데려온다. 브륀힐데는 지크프리트가 자신의 남편이라고 말하다가 그의 손에서 반짝이는 자신의 반지를 보고 깜짝 놀란다. 그녀는 전날 밤 군터에게 반지를 빼앗겼다고 생각했기 때문이다. 그녀가 군터를 돌아보며 말한다.

"당신은 내게서 반지를 빼앗았고 나는 그 반지 때문에 당신의 아내가 되었어요. 그러니 당신의 권리를 주장해서 반지를 돌려달라고 해요!"

그러자 군터가 말을 우물거린다.

"반지라고? 난 반지 같은 것 준 기억이 없는데……. 그런데……. 이 친구를 잘 알고 있나?"

속이 빤히 들여다보이는 대답이다.

"그럼, 내게서 빼앗아간 반지를 도대체 어디다 숨긴 거예요?"

곤혹스러워하는 군터를 보면서 브륀힐데의 머릿속에 일의 자초지종이 섬광처럼 떠오른다. 그리하여 지크프리트를 보고 거짓말쟁이에 도둑놈이라고 욕을 퍼붓는다. 이에 대해 지크프리트는 반지는 여자에게서 받은 것이 아니라 용을 죽이고 손에 넣은 것이라고 주장하지만 공허

할 뿐이다. 그가 당황스러워하는 사실이 너무도 명백하기 때문이다. 그 기회를 틈타 브륀힐데가 부족민들에게 지크프리트가 군터로 위장해 자신을 속이고 반지를 빼앗아간 이야기를 하면서 그를 비난한다.

여기서 또 하나의 장엄한 연극적 맹세 장면이 등장한다. 지크프리트는 하겐의 창에 손을 대고 자신은 전혀 잘못한 것이 없다고 맹세하고, 브륀힐데는 중앙으로 뛰쳐나와 그를 밀어내면서 그에게 죄가 있다고 증언한다. 그러자 부족민들이 신을 향해, 벼락을 내리쳐서 거짓 맹세를 하는 자의 입을 다물게 해달라고 빈다. 하지만 신으로부터 아무 대답이 없다.

지크프리트는 군터에게 마법 투구의 효과가 절반밖에 먹히지 않았던 것 같다고 속삭인 뒤 당황스러워하는 부족민들을 뒤로 하고 웃으면서 구트루네의 허리에 팔을 두른 채 명랑하게 결혼식 준비를 하러 나간다. 부족민들도 그 뒤를 따른다. 그 자리에 남아 있던 군터, 하겐, 브륀힐데는 극적인 복수 계획을 짠다. 그 자리에서 브륀힐데가 지크프리트에게 어떤 무기로도 그를 다치게 할 수 없는 마법을 걸어놓았음이 드러난다. 단, 그가 적에게 등을 보이는 일은 절대 없을 것이므로 등에는 마법을 걸지 않았다고 한다.

그들은 다음날 대대적인 사냥 대회를 열어 하겐이 창으로 지크프리트 등을 찌른 뒤 멧돼지에게 물린 것처럼 꾸미자는 계획을 세운다. 어리석은 군터는 지크프리트와 피로 맺은 의형제 서약이나 누이동생이 남편을 잃게 된다는 생각에 끙끙 앓는다. 그렇다고 이들의 살해 계획을 막을 용기도 없다. 베르디의 오페라 〈가면무도회〉 제3막에서 왕의 목숨을 노리는 세 사람의 공모자가 삼중창을 부르듯, 이들 셋도 우렁차게 삼중창을 부르며 복수를 맹세한다.

지크프리트의 결혼식 행렬을 알리는 즐거운 음악과 함께 꽃가루가 날리고 신에게 제물이 받쳐진다. 그리고 신랑 신부가 의기양양하게 행진하면서 막이 내린다.

이 막에 이르면 우리는 지금까지 보던 이미지와 전혀 다른 등장인물들과 맞닥뜨리게 된다. 브륀힐데는 '발퀴레'의 브륀힐데가 아닐 뿐만 아니라 입센의 〈헬겔란의 전사〉에 나오는 여주인공 횰디스처럼 질투와 복수심에 불타오르는 광녀다.

옛날 무용담에서 여주인공의 잔학 행위는 극적인 무대효과를 위해 필요한 어쩔 수 없는 장치다. 입센이 〈헬겔란의 전사〉에 질투와 복수심에 불타오르는 여주인공을 등장시킨 것도 무대 효과를 노린 것이지, 그의 후기 작품에서와 같은 철학적 상징성 때문은 아니었다.

바그너가 〈지크프리트의 죽음〉에서 브륀힐데를 이와 같은 광녀로 만든 것 또한 무대 효과를 노린 것으로, 나중에 보탄이—지크프리트와 대립하는—주인공이 되는 드라마에서와 같은 철학적 상징성은 없다. 그러므로 이 두 거물 극작가는 사실상 동일한 브륀힐데의 모습을 그린 것이다. 따라서 〈니벨룽의 반지〉 둘째 날 밤에 등장하는 브륀힐데는 종교의 진상을 꿰뚫어보는 능력을 가지고 있는 까닭에 그녀가 정부와 동맹을 맺고 타락한 교회를 전복시킬까봐 두려워한 나머지 자신의 아버지에 의해 마법의 잠에 빠져드는 인물로 그려진다. 하지만 넷째 날 밤에는 개인적인 질투심을 만족시키기 위해 악의적인 거짓말을 하고 나아가 어리석은 악당들과 손을 잡고 살해 계획을 세우는 여자로 변한다. 원래의 〈지크프리트의 죽음〉 초고에서는 결말 때문에 더 어울리지 않는 것이었다. 즉, 죽은 브륀힐데가 보탄에 의해 신성을 회복하고 다시 발퀴레가 된 후, 살해당한 지크프리트를 발할라로 인도해서 충성스러운 영웅들과 함께 행복하게 사는 걸로 되어 있다.*

그렇다면 지크프리트는 어떨까? 그는 2막에 이어 3막에서도 보통 세상 남자가 하는 식으로 여자에 대해 말한다. "여인네들의 분노는 금방 풀리는 법" 등의 그의 말투는 앞의 드라마에 나오는 풋내기 말투가 아니라 원래 〈지크프리트의 죽음〉에 나오는 말투다. 옛날 사가에 흔히 나오는 로맨틱한 노래 속에 그려져 있던 주요 인물들 또한 마찬가지다. 거기에는 〈발퀴레〉나 〈지크프리트〉에서 볼 수 있는, 바그너의 천재성―지난 이틀 밤 동안 우리가 경험했던―에 의해 독창적으로 개조된 모습이 드러나지 않는다.

〈지크프리트의 죽음〉이라는 제목은 다음 부분에서 아주 극적인 대목으로 남아 있다. 분노와 절망으로 몸부림치며 군터가 외친다.

"하겐, 나를 구해다오, 내 명예와 네 어머니의 명예를 지켜다오. 우리 둘 다를 낳아주신 어머니가 아니냐?"

---

*〈지크프리트의 죽음〉 마지막은 지크프리트의 시체와 함께 불속에 들어간 브륀힐데가 발퀴레가 되어 그의 손을 잡고 하늘로 올라가는 것으로 마무리되는데, 이는 보탄이 패권을 다시 잡은 것을 표현한 것이다.

하겐이 대답한다.

"어떤 수를 쓴다 해도 형을 구할 수는 없어. 방법은 오직 하나, 지크프리트의 죽음뿐!"

군터가 부르르 떨며 그 말을 되풀이한다.

"지크프리트의 죽음이라고?"

신문지상의 바그너 논쟁

최근 바그너의 작품이 관객을 얼마나 매혹시킬 수 있는가에 대한 기사가 신문지상을 떠들썩하게 장식하였다. 지크프리트가 군터와의 신의를 깨고 자신을 능욕했다고 비난하면서 브륀힐데가 거짓말하는 부분에 대한 〈데일리 텔레그래프〉의 논평을 본 한 독자가 〈데일리 크로니클〉에 투고해서 사랑스런 히로인을 변호하고 나선 것이다. 브륀힐데에게 가해진 거짓말쟁이라는 비방에 대해 이 독자는 무척 분개해서 논쟁을 벌인다. 반론의 여지가 없을 정도로 엄연한 증거가 텍스트에 나와 있는데도 말이다. 그의 주장에 따르면 브륀힐데의 진술은 그녀가 지크프리트라고 믿은 남자에게 실제로 능욕당했다는 증거로 받아들여져야 한다는 것이다. 하지만 그 남자가 지크프리트일 수는 없기에—브륀힐데가 거짓말을 못하듯이 지크프리트가 군터를 배신하는 일은 불가능하므로一, 텍스트에는 나오지 않았지만 그 남자는 다시 한 번 인물을 바꿔치기 한 군터 본인이 된다. 이런 말도 안 되는 가정이라도 대꾸할 필요가 있다면, 이에 대한 대답은 텍스트에 명백히 나타나 있다. 지크프리트는 군터의 모습으로 변신해 브륀힐데에게 반지를 빼앗은 후 두 사람 사이에 노퉁을 놓고 하룻밤을 지낸 뒤, 다음날 아침 그녀를 데리고 불꽃(군터는 절대로 넘을 수 없는 장애물이다)을 뚫고 나와 산을 내려온다. 그리고 마법의 투구를 사용해 순식간에 기비히성으로 돌아오고, 진짜 군터는 강물을 따라 배를 타고 브륀힐데를 데려오도록 뒤에 남겨놓는다. 어떤 논객은 이 모험에 이틀 밤이 걸렸는데 이틀째 밤에 예의 그 불상사가 일어난다고 주장하기도 한다. 하지만 이에 대한 설명도 마지막에 나와 있다. 모든 일은 하겐이 망을 보던 하룻밤 사이에 일어난 것이라고. 따라서 브륀힐데의 비난이 거짓말이라는 점은 너무도 명백한 사실이다. 그럼에도 굳이 이와 같은 반론을 소개하는 것은 바그너와 그의 작품이 실력과 교양이 풍부한 사람에게조차 얼마나 광적인 숭배를 불러일으킬 수 있는가를 여실히 드러내는 흥미로운 예이기 때문이다.

한편 브륀힐데의 거짓말을 인정하는 사람들도 그녀가 어떻게 거짓말을 할 수 있었을까에 대해 그럴듯한 설명을 제시한다. 그에 따르면 보탄이 브륀힐데의 신성을 빼앗을 때 그녀의 고귀한 도덕성도 함께 빼앗았기 때문에, 지크프리트의 입맞춤으로 눈을 뜬 것은 질투심 강한 보통 여자로서의 브륀힐데였다는 것이다. 하지만 여신이 질투심 많은 존재가 되었다고 해서 반드시 거짓말쟁이와 살인자로 전락하라는 법은 없다. 더구나 이렇게 되면 〈니벨룽의 반지〉는 우의의 중요성은 완전히 사려져버리고 한순간에 아이들이 생각하는 〈잠자는 숲 속의 공주〉 차원으로 전락하고 만다. 〈니벨룽의 반지〉를 철학적인 측면으로 볼 때, 신성에서 인간성으로 변화하는 것은 전락이 아니라 한 단계 상승을 의미한다. 이러한 점을 제대로 이해하지 못하고서는 〈니벨룽의 반지〉 전체적인 핵심을 절대로 파악할 수 없다. 브륀힐데가 정직했던 까닭에 보탄의 주술이 그녀에게 먹히지 않자 그는 자기 딸이 발할라의 허구와 관습을 무너뜨리지 못하도록 그녀를 로게의 불꽃 벽 속에 가두어야 했다.

유일하게 봐줄 수 있는 견해라면 이미 알려진 〈니벨룽의 반지〉 줄거리에 의거한 것이거나 훌륭한 판단력이 있는 음악가에게는 스코어를 증거로 내세운 견해일 것이다. 그에 대해서는 조만간 이야기하겠다. 앞에서도 말했듯이 바그너는 〈지크프리트의 죽음〉을 가장 먼저 썼다. 그리고는 지크프리트를 신(新) 프로테스탄트로 삼고자 하는 자신의 아이디어를 살리기 위해 〈젊은 지크프리트〉(〈지크프리트〉의 원래 제목)를 썼다. 프로테스탄트는 사제(司祭)라는 대립 인물이 없으면 관객을 향한 극적 호소력이 떨어지기 때문에 〈젊은 지크프리트〉를 쓴 뒤에 〈발퀴레〉를 썼다. 그리고 마지막에 서문 격으로 〈라인의 황금〉을 쓴 것이다. (서문이란 항상 책을 다 쓰고 난 다음에 쓰는 법이니까) 물론 마지막에 전체적인 수정 작업이 있었다. 만약 이 수정 작업을 보다 엄격히 진행했더라면, 지금은 앞뒤가 맞지 않아 쓸모없어진 〈지크프리트의 죽음〉은 삭제되었으리라. 그리고 〈니벨룽의 반지〉가 더이상 니벨룽의 서사시가 아

니요, 마법의 투구나 니벨하임, 발할라 대신에 현대적인 의상, 중절모
자, 공장, 대저택 등등이 등장하는 작품이 되었을 것이다. 즉 바그너의
고생스러운 창작 과정에서 니벨룽의 서사시는 단지 이야기를 이끌어가
기 위한 구실이자 인명록에 지나지 않는다는 것을 확실히 인정하게 되
었을 터이다. 하지만 영국의 한 저명한 바그너 권위자가 바이로이트에
서 〈신들의 황혼〉 휴식 시간에 내게 말했듯이, 바그너는 오랫동안 오페
라에서 물러나 있다가 다시 〈로엔그린〉과 같은 오페라를 만들고 싶어
졌는데, 〈지크프리트의 죽음〉(초고는 1848년에 씌어짐. 드레스덴 봉기가 일
어나기 바로 전 해로 이 봉기 후 바그너의 인생관과 예술은 더욱 심오해졌다)은
그런 그의 내부에 오랫동안 잠재되어 있던 오페라에 대한 욕구를 분출
시키기에 안성맞춤인 대본이었다. 이리하여 바그너는 〈지크프리트의
죽음〉을 〈신들의 황혼〉으로 바꾸었다. 하지만 질투와 살해라는 관습적
인 플롯을 그대로 두었기 때문에 〈신들의 황혼〉에 나오는 지크프리트
와 브륀힐데가, 우의적인 지크프리트와 브륀힐데와 전혀 다른 인물이
되었는데도 어쩔 수 없이 제2막을 남겨두었다. 반면에 우주목 이야기
나 로게가 발할라를 파괴하는 이야기 등 전설과 관련된 이야기는 잘 들
어맞는다. 우의적으로 볼 때 지크프리트가 신의 창을 꺾은 것은 보탄과
발할라의 종언을 의미하는데, 이 우의를 파악하지 못하고 어린아이처
럼 사건을 문자 그대로만 받아들이는 사람은 반드시 지크프리트가 보
탄을 산 위로 데려간 후에 그가 어떻게 되었는지 물어올 것이다. 그런
질문에는 〈신들의 황혼〉에 나오는 옛날이야기가 아주 좋은 답이 된다.

그리고 〈라인의 황금〉, 〈발퀴레〉, 〈지크프리트〉와 관련해서 노른이나 발트라우테가 등장하는 장면은 아무 의미가 없기에 더욱 신비감을 자아내는 효과가 있다. 누구나 위대한 예술 작품의 의미(만약 그런 것이 있다면)를 이해하지 못한다고 고백하기보다는 아는 척하고 싶어하기 때문에, 감히 이들 장면에 의문을 제기하지 않는다. 그런데 발트라우테가 라인의 처녀들에게 반지를 돌려주면 신이 구원받을 수 있다고 이야기하는 장면을 통해 자신이 앞의 내용과 연관됨을 보여준다. 하지만 이것을 앞에 나온 우의의 일부분으로 간주해볼 때 말도 안 되는 소리다. 따라서 〈신들의 황혼〉 중에서 〈발퀴레〉와 가장 유기적인 연관성이 있어 보이는 이 장면조차 분명 〈발퀴레〉보다 먼저 씌어진, 그와는 다른 계획의 일부다. 자신이 그녀에게 반지를 준 사실을 기억하지 못하면서 지크프리트가 실제로 브륀힐데에게 반지를 빼앗는 장면이나 마찬가지로. 사실상 〈신들의 황혼〉은 자신의 모태가 되는 세계시와 완벽하게 부합하도록 고쳐지지 못한 것이다. 이것이야말로 〈니벨룽의 반지〉를 둘러싼 모든 논쟁에 대한 확실한 해답이 아닐까?

제3막

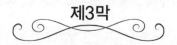

지체 없이 사냥 대회가 열린다. 일행에서 떨어진 지크프리트가 라인의 처녀들을 만나는데 그들은 이제 조금만 더 지크프리트를 설득하면 반지를 돌려받을 수 있을 것 같다. 지크프리트가 아내가 무서워서 줄 수 없다고 하자 처녀들은 아내에게 맞고 사는 것 아니냐며 놀린다. 또 반지에 저주가 걸려 있기 때문에 반지를 가진 자에게는 반드시 죽음이 찾아온다고 처녀들이 덧붙이자 지크프리트는, 오래전에 율리우스 카이사르가 그랬던 것처럼, 스스로 의식하지 못한 채 영웅적 자질을 드러낸다. 죽음에 대한 공포 때문에 자신의 인생을 좌지우지당하지 말 것.* 결국 지크프리트는 반지를 그들에게 양보하지 않고 라인의 처녀들은 그를 운명에 맡긴다. 지크프리트를 발견한 사냥꾼 일행. 그들은 강변에 앉아 식사를 하고 지크프리트는 자신의 모험담을 이야기한다. 잃어버린 기억 속의 브륀힐데로 화제가 바뀌자 하겐은 사랑의 묘약의 해독제를 그의 잔에 살짝 붓는다. 그러자 지크프리트의 기억이 돌아와 그는 불꽃 산을 넘은 이야기를 하고, 이를 들은 군터가 깜짝 놀란다. 바로 그때 하겐이 지크프리트의 등에 창을 꽂는다. 지크프리트는 방패 위에 쓰러져 죽지만, 오페라에서 늘 그래왔듯이 다시 일어나 연인에 대한 사랑의 마음을 30소절가량 부른 뒤, 마침내 그 유명한 '장송 행진곡'이 흐르는 동안 무대 뒤로 운반되어 사라진다.

  장면은 다시 라인강변 기비히성의 응접실이다. 때는 밤, 구트루네는 잠을 이루지 못하면서 온통 막연한 불안감에 휩싸여 남편이 돌아오기를 기다리고 있다. 그리고 브륀힐데의 방에 아무도 없는 것을 보고 강둑 쪽으로 걸어가던 희미한 사람의 그림자가 그녀가 아니었을까 생각한다. 이때 하겐이 외치는 목소리가 들려온다. 그는 사냥 나간 일행과 돌아와서 지크프리트가 멧돼지에게 물려 죽었다고 전한다. 하지만 구트루네는 지크프리트가 살해되었다는 것을 간파하고, 하겐도 이를 부정하지 않는다. 지크프리트의 유해가 실려 들어온다. 군터가 하겐에게 반지를 달라고 요구하지만, 하겐은 들어주지 않는다. 결국 두 사람의 싸움은 군터의 죽음으로 막을 내린다. 하겐이 지크프리트의 손에서 반지를 빼내려 하는데, 죽은 이의 팔이 위협적으로 들어올려진다. 이때

---

* "우리는 죽는 것을 배워야 한다, 그것도 그 말의 최대의 뜻을 담은 죽음을. 죽음에 대한 공포가 모든 사랑의 결핍의 원인으로서 이것은 사랑이 시들기 시작하면서 생겨난다. 인류는 살아 있는 모든 존재의 가장 큰 축복인 사랑을 완전히 잃어버렸기에 마침내 자신이 행하고 정돈하고 확립한 모든 것들이 죽음에 대한 공포 속에서 착상되기에 이르렀다! 〈니벨룽의 반지〉는 바로 이것을 말하고 있다―."
(1854년 1월 25일 바그너가 레켈에게 보내는 편지)

브륀힐데가 등장해 지크프리트를 화장하기 위한 장작더미가 쌓이는 동안 장대한 세나*를 드높이 부른다. 이 장면은 무척 감동적이고 당당하지만 극적 효과를 위해 강렬하고 고양된 형태로 슬픔을 표현하고 있다는 점 이외에는 혹독한 지적 비평을 비켜갈 수 없다. 이는 셰익스피어의 비극 〈안토니와 클레오파트라〉에서 클레오파트라와 죽어가는 안토니의 장면과 심리적으로 동일하다고 하겠다. 마침내 브륀힐데는 횃불을 장작더미 속에 집어던지고 자신의 말에 올라타더니 불길 속으로 뛰어든다. 이어 기비히성의 응접실에 불이 옮겨 붙는다. 방 한가운데에서 화장을 하면 대부분의 집이 이렇게 되리라.(이 장면이 얼마나 부자연스러운가를 강조하기 위해 일부러 비웃는 어조를 사용한다) 하지만 라인강이 흘러넘쳐 불길이 사그라들고, 라인의 처녀들은 지크프리트의 손가락에서 반지를 빼간다. 하겐은 처녀들한테서 반지를 다시 빼앗아오려 하지만 순식간에 물속으로 끌려들어가고 만다. 멀리 천상에서 신들과 그들의 성이 로게의 불꽃에 휩싸이는 장면을 끝으로 막이 내린다.

---

* 오페라에서 극적인 박력을 지닌 독창, 아리아보다 덜 형식화되어 있음

우의의 붕괴

이제 〈신들의 황혼〉에 새로운 것이 아무것도 없다는 사실을 잘 알았으리라. 물론 음악적 구성은 엄청나게 공을 들인 현란한 것이다. 하지만 그것을 두고, 〈라인의 황금〉, 〈발퀴레〉, 〈지크프리트〉 제1, 2막처럼 이제까지 한 번도 본 적 없는 독창적 영감의 산물이라고는 도저히 말할 수 없다. 이야기 전개뿐만 아니라 대부분의 대사도 엘리자베스 왕조의 연극과 비슷하다고 해도 과언이 아니다. 여기에서는 셰익스피어의 〈안토니와 클레오파트라〉의 장면이 무의식중에 재현되는데, 그 장엄함이나 음악적 표현이 발전은커녕 비슷한 수준에도 이르지 못하고 있다. 간결함과 위엄은 사라지고 사건들도 그럴듯하게 제시하지 못하며, 이런 부족함을 메꾸기 위해 극단적으로 과장된 관습적 방법에 의존한다. 그런데 이런 문제점들이 〈신들의 황혼〉이 〈니벨룽의 반지〉라는 위대한 작품의 일부라는 사실에 현혹되고, 음악이 선사하는 질풍노도와 같은 감동과 흥분에 압도당한 대중들의 눈에 보이지 않을 것은 뻔한 일이다. 하지만 음악적인 측면에서 초보자의 넋을 빼앗는 바로 그러한 특징들이 오페라에 정통한 고수들의 귀에는 다르게 들린다. 탁월한 작곡 기법, 완성의 경지에 달한 화성법과 관현악법이 자유자재로 구사되어 있는데도 〈발퀴레〉에서 똑같은 모티브*가 준 감동처럼 마음을 뒤흔드는 소절은 하나도 없고, 단지〈지크프리트〉의 삶과 기질에 외형적으로 첨가된 화려함만 귀에 들어올 뿐이다.

오리지널 가사에서는 브륀힐데가 지크프리트를 화장할 장작더미 위에서 자신의 죽음을 미루며 모여 있는 합창대원들에게 사랑이라는 만병통치약의 효능에 대해 설교한다.

"가장 신성한 나의 지혜의 보물을 이제 세상에 가르쳐주겠노라. 나는 재산도 황금도 믿지 않노라. 신앙심이나 가정도, 고귀한 지위도 화려함도, 관습도 계약도 믿지 않노라.

오직 사랑만 믿을 뿐! 사랑이 온세상에 널리 퍼지기를. 그러면 행복이나 불행 속에서도 축복받으리니……."

여기서는 소유의 거부라는 점에서 약간의 바쿠닌 냄새가 난다. 하지만 구원을 가져다주는 것은 성숙한 정신의 소유자의 의지나 손에 칼을 들고 있는 숙명적 자유의지를 지닌 인간이 아니라, 그저 사랑뿐이라고

---

* 그림 · 조각 · 문학 · 음악 등의 분야에서 창작의 동기가 되는 작가의 내적 충동

주장한다. 그것도 셸리가 추구하는 정신적인 사랑이 아니라 격렬한 성적 열정이다. 바그너가 이러한 진부한 표현을 고수하지 않고, (그가 레켈에게 한 고백에 의하면 오랫동안 양심의 가책을 느낀 끝에) 가사가 출판된 지 20년이나 지나서 〈파르지팔〉을 작곡할 즈음에 완성한 〈신들의 황혼〉 스코어 속에서 이를 뺐다는 사실은 무척 의미심장하다. 결국 바그너는 브륀힐데의 설교를 삭제하고 처음 의도대로 대책 없이 무모하게 마지막 장면의 음악을 작곡한다. 앞의 드라마에서 라이트모티브*를 사용할 때 지켜온 엄격한 원칙을 거리낌 없이 포기하고. 바그너는 결말 부분의 라이트모티브로, 〈발퀴레〉 제3막에서 지클린데가 브륀힐데로부터 자신이 앞으로 태어날 영웅의 어머니가 될 숭고한 운명이라는 말을 듣고 기뻐 날뛰면서 부르던 구절을 선택한다. 하지만 이 주제를 재현함에 있어서, 자신을 희생하려는 브륀힐데의 도취감을 표현하기 위한 극적인 원칙 따위는 찾아볼 수 없다. 물론 변명의 여지는 있다. 둘 다 지크프리트를 위해 자기를 희생하려는 충동에 빠져 있지 않느냐는……. 하지만 그것이야말로 변명에 지나지 않는다. 그런 식으로 하자면 알베리히나 보탄도 똑같이 야심에 불타 있고, 그 야심의 대상도 같은 반지니까 발할라의 모티브를 알베리히에게 갖다 붙여도 괜찮다는 말이 되기 때문이다. 〈신들의 황혼〉을 작곡할 당시 바그너가 그 취지를 기억하고 지속적으로 사용한 라이트모티브가 용, 불꽃, 물 등과 같이 단순한 외적 특

---

* 악극 중에 자주 등장하는 주제 또는 동기. 시도 동기, 주도 동기, 유도 동기 등으로 번역됨

징을 표시하는 것밖에 없었다는 사실은 상식에 속한다. 그리고 사실 지클린데의 라이트모티브가 음악적인 가치가 그리 큰 것도 아니다. 통속적인 발라드의 귀여운 클라이맥스 정도라고 말할 수 있다. 그래도 건질 만한 것이라고 하면 용솟음쳐 나오는 소리 정도인데 그나마 이런 효과는 아주 쉽게 얻을 수 있는 것이기에 4부작 전체의 라이트모티브 중 이 것이 가장 시시한 부분이라고 하겠다. 어쨌거나 그것이 아주 강렬하게 분출하는 소리였던 까닭에 바그너는 편의상 이를 마지막 장면으로 선택하였다. 브륀힐데와 지크프리트의 사랑에 연관되는, 훨씬 더 정교하고 아름다운 라이트모티브를 사용하지 않고 말이다. 만약 전체를 10년 정도만 빨리 완성시켰더라면 바그너는 분명 이것을 중대한 문제로 생각했을 것이다. 우리는 〈니벨룽의 반지〉 가사가 1853년에 완성되고 출판되었다는 사실을 늘 기억해야 한다. 아울러 유럽의 환경 속에서 오랜 시간에 걸쳐 생성, 발전해온 사회적 사상이 1849년 드레스덴 봉기를 계기로 이런 사상에 몹시 강한 영향을 받고 있던 바그너 안에 둥지를 틀었다는 사실도 잊지 말자. 지성이 죽음에 이르는 그날까지 왕성하게 활동했기 때문에 철학적 의식은 말할 것도 없고 정치적, 종교적 견해 또한 스코어를 완성한 4반세기 후까지 제자리에 정지한 채로 있었을 리가 없다. 바그너가 〈신들의 황혼〉 초고를 썼을 때, 그의 나이 서른다 섯이었다. 1876년 제1회 바이로이트 음악제에 올리려고 스코어를 완성했을 때에는 예순이었다. 따라서 그가 초고를 쓰고 있을 당시 품었던 열의를 잃어버린 것도 전혀 이상한 일은 아니다. 〈라인의 황금〉을 연출할 때 바그너는 무대 효과를 극대화시키기 위해서 영웅족을 만든다는 보탄의 갑작스러운 생각을, 칼을 들어올려 한 번 휘두르게 하는 등의 시각적인 방법으로 고치기까지 하였다. 그 칼은 처음 파프너가 니벨룽의 보물 속에서 찾아낸 후 필요 없다고 버린 것이다.* 하지만 이러한 장치는 무분별한 것으로, 이를 채택한 것은 〈신들의 황혼〉 마지막 막의 음악에 나타난 처음의 의도와 관련해서 볼 때 역시나 무모한 짓이라 하겠다.

Die Gotterdammerung을 글자 그대로 해석하면 신들의 황혼이다. 독자들을 위해 이 오페라의 영어판 제목을 대개 The Dusk of the Gods나 The Twilight of the Gods로 붙였음을 밝혀둔다.

---

* 제4장에서 보탄이 신축한 발할라에 인사를 보내는 장면. 지문에는 '무언가 원대한 구상이 마음속을 스치고 지나간 것처럼'이라고 씌어 있을 뿐 검을 휘두르라는 설정은 없다. 그 대신 오케스트라에 의해 노퉁의 라이트모티브가 처음으로 울려퍼진다. 바그너는 1876년 〈니벨룽의 반지〉를 초연할 때 여기서 말한 지시를 했다.

제7장

바그너는 왜 생각을 바꾸었을까

만약 실제의 삶과 자신의 철학적 주제 사이에 괴리가 없었더라면 바그너는 설령 25년이라는 세월이 흘렀더라도 자신의 위대한 주제를 바꿀 사람이 아니었다. 그리고 1849~1876년까지의 독일 역사를 지크프리트와 보탄의 이야기에 대입할 수 있었다면 〈신들의 황혼〉은 시대에 뒤떨어진 오페라가 아니라 〈라인의 황금〉과 〈발퀴레〉의 논리적 완결편이 되었을 것이다.

하지만 실제로는 지크프리트가 실패했고 비스마르크는 성공했다. 레켈이 투옥되었지만, 그것은 아무 문제도 되지 않았다. 바쿠닌은 발할라가 아니라 인터내셔널(사회주의 운동의 국제 조직)을 날려버렸고, 결국 그와 칼 마르크스 사이의 불명예스러운 싸움으로 끝나고 말았다. 1848년에 지크프리트들은 정치적으로 철저하게 패배한 반면 보탄들, 알베리히들, 로게들은 혁혁한 승자가 되었다. 미메들조차 자신들의 기반을 유지했다. 페르디난드 라살 단 하나를 제외한 모든 혁명 지도자들이 실제 정치에서의 가능성을 믿지 않았다. 그 라살도 건강을 해치면서까지 정력적으로 연설 활동을 했으나 결국 대다수 노동자 계급이 자신에게 가담할 준비가 되어 있지 않으며 또 그럴 생각이 있는 소수파도 자신을 이해하지 못한다는 사실을 깨닫는다. 그러더니 도대체 변명의 여지가 없는 연애에 얽힌 결투로 목숨을 잃는다. 1861년 마르크스가 런던에서 창립한 인터내셔널은 신경질적인 신문들로부터 몇 년 동안에 걸쳐 붉은 망령이라는 오해를 받았지만, 실은 멍청한 허깨비에 불과했다. 인터내셔널은 영국 노동자를 설득해 대륙 측의 파업을 지지하는 자금을 보내도록 하고 또 파업 진압대에 의해 북해 너머로 끌려간 그들을 다시 불러들이기도 함으로써 국제 노동조합운동을 시작하는 데 일조했다. 하지만 사회 혁명적인 측면에서 보면 이 모든 활동은 낭만적 허구에 불과했다. 파리코뮌*을 탄압하는 과정에서 유능한 행정 관료와 군인들이 현실적인 압력에 의해 낭만적인 호사가들과 연극적인 몽상가들을 파멸시켰는데 이는 역사상 가장 무자비한 비극 중의 하나로, 결국 감상적인 사회주의의 막을 내리게 하였다. 마르크스가 자신의 글재주로 티에르*를 현존하는 악당 중에서 가장 나쁜 인간이라고 주장하거나, 갈리페*에게 아직도 프랑스 정계에 발붙일 수 없을 정도로 지우기 어려운 낙인

---

* 1871.3.28~5.28 파리의 시민·노동자의 봉기로 세워졌던 파리의 혁명적 노동자 정권
* Marie J. L. Adolphe Thiers, 1797~1877, 프랑스 정치가. 파리코뮌을 탄압. 제3공화제 초대 대통령
* Gaston Alexandre—Auguste de Galliffet, 1830~1909, 프랑스 군인. 파리코뮌을 가혹한 방법으로 진압

을 찍는 것은 누워서 떡먹기였다.* 빅토르 위고가 저지섬에서 나폴레옹 3세에게 뛰어난 글 솜씨로 공격을 퍼부었던 것과 마찬가지로 말이다. 피아트와 들레클뤼즈 쪽이 티에르나 갈리페보다 고매한 이상을 품고 있다고 주장하는 것 또한 쉬운 일이다. 하지만 막상 실제로 총을 쏘아야 하는 상황에서는 갈리페가 들레클뤼즈를 쏘았지 그 반대는 아니었다. 게다가 티에르니까 프랑스 국정을 그만큼이나 운영할 수 있었지, 피아트는 스스로 실천도 못했고 그렇다고 해서 수다를 멈추고 다른 사람에게 일을 시키지도 못했다. 티에르를 추종하던 자들은 그 대가로 토지 소유자나 자본가들에게 이용당했다. 하지만 만약 피아트를 따랐더라면 미친개처럼 사살당하든가, 아니면 운 좋게 목숨은 건지더라도 공연히 뉴칼레도니아로 유형당했을 것이다.

이것을 바그너의 우의에 빗대어 말하자면 다음과 같다. 알베리히는 반지를 되찾아서 발할라 최고 집안의 규수와 결혼하게 된다. 그리고 보탄과 로게를 쫓아내겠다고 벼르던 예전의 마음을 바꾼다. 니벨하임이 너무 음산한 곳이라서 안전하고 쾌적하게 살고 싶다면 보탄이나 로게에게 자기 대신 사회를 조직하게 하고 그 대가를 무척 후하게 지불해야 된다는 것을 깨달았기 때문이다. 그는 웅장함, 군사적 영광, 충성, 열광, 애국심을 원했는데, 자신의 무지막지한 탐욕으로는 도저히 이를 만들어낼 수가 없다. 반면에 보탄과 로게는 1871년에 독일에서 이 모든 것을 승리의 정점까지 끌어올리고 의기양양해 있었다(독일 제국의 성립

---

* 마르크스가 파리코뮌의 전말과 성격을 분석한 《프랑스의 계급투쟁》(1871) 참조

을 의미함). 바그너 자신도 '황제 행진곡'에서 이를 축하하는데, 이 곡은 라 마르세예즈나 카르마뇰(프랑스 혁명 당시 민중들이 광장에서 춘 춤)보다 훨씬 더 설득력이 있다.

'황제 행진곡'을 쓴 후에 바그너가 어떻게 지크프리트를 이상화한 1853년으로 돌아갈 수 있을까? 지크프리트가 용을 물리치고 산을 둘러싼 불꽃 벽을 뚫은 이야기를 어떻게 믿을 수 있을까? 바로 눈앞의 시청 건물에서는 피아트가 사회주의 이념을 끝없이 설파하는가 하면 티에르가 쏜 탄환이 개선문을 난타하고 샹젤리제의 포석을 쪼개는 중인데 말이다. 분명 사태가 예상치 못했던 방향으로 전환하지 않았는가? 마르크스와 엥겔스의 유명한 〈공산당선언〉(1848)과 마찬가지로 〈니벨룽의 반지〉 또한 역사 법칙과 자본주의적 신권정치 시대의 종언에 영향을 받고 탄생한 작품이다. 하지만 바그너 역시 마르크스와 마찬가지로 기술적인 통치나 행정에 대한 경험이 부족했고 계급투쟁에 있어서 영웅과 악한을 나누는 관점 또한 너무 감상적이었다. 그러므로 그는 자신의 일반론이 실제 진행 과정에 어떻게 들어맞을지, 또 그 과정에서 각 계급이 어떤 역할을 하는지 예견할 수 없었던 것은 아닐까?

어쨌든 니벨룽의 전설이 바그너의 우의와 처음으로 맞아떨어지지 않게 된 시점으로 돌아가보자. 파프너를 우의적으로 보면 자본가가 되지만, 전설 속에서는 그저 축재가일 뿐이다.

황금은 그에게 아무런 소득도 가져다주지 않고 생계를 유지해주는 것도 아니기 때문이다. 따라서 그는 먹을 것과 마실 것을 구하러 밖으로 나가야 한다. 그리고 사실상 물을 마시러 가는 도중에 지크프리트에게 살해당하고 만다. 지크프리트도 황금을 유용하게 사용하지 못한 점에 있어서는 파프너와 다를 바 없다. 다른 점이 있다면 지크프리트는 자신에게 필요 없는 보물을 지키느라고 쓸데없이 시간을 낭비하지 않았던 반면, 파프너는 보물을 다른 사람에게 뺏기기 싫어서 자신의 삶 전체를 보물을 지키는 데 바쳤다는 것이다.

이러한 대조가 인간의 본성을 그대로 보여주기는 하지만 경제적인 측면의 우의에 부합하는 것은 아니다. 현실 생활에서의 파프너는 구두쇠가 아니라 배당금과 안락한 삶을 추구하며, 보탄이나 로게와 같은 집단에 끼고 싶어한다. 그리고 이를 실현할 수 있는 유일한 방법은 황금을 알베리히에게 돌려주고, 그 대가로 그의 사업을 차지하는 것이다. 이렇게 해서 자본을 얻은 알베리히는 지금까지와 마찬가지로 동료 난쟁이들을 착취하는 한편, 자본이 없는 파프너의 동료 거인들도 착취한다. 게다가 이러한 착취를 위해 수반되게 마련인 노력과 선견지명과 자기 통제, 그리고 그 성공으로 얻은 자존심과 사회적 존경심은 알베리히 자신의 성격을 점점 개선시킨다.

이러한 변화는 마르크스나 바그너도 예측하지 못한 것 같다. 알베리히는 둔하고 탐욕스러우며 도량이 좁은 축재가는 절대로 큰돈을 모을 수 없다는 사실을 깨닫는다. 탐욕으로는 십을 백으로, 백을 천으로 만들 수 있을지 모르나, 천을 몇 십만으로 만들기 위해서는 금전에 대한 의지보다 커다란 배짱과 권력에 대한 의지가 필요하다. 그리고 몇 십만을 몇 백만으로 만들기 위해서, 알베리히는 노동자 집단을 위해 스스로 속세의 신이 되어 마을을 만들고 시장을 지배해야 한다. 반면 펑펑 놀면서 자신에게 돌아오는 배당금만 펑펑 써대는 파프너는 자신의 능력을 활용하지도 않고 남보다 잘 하려는 성취 동기도 없기 때문에 지적, 도덕적으로 타락할 것이다.

아울러 그가 점점 더 무력해지면 무력해질수록 돈은 알베리히에게, 정치는 로게에게 존경과 안전은 보탄에게 의지할 수밖에 없다. 그 중에서 진정한 주인은 필연적으로 지갑의 끈을 쥐고 있는 알베리히가 될 수밖에 없다. 따라서 알베리히가 1850년에는 엥겔스가 〈1844년 영국 노동자 계급의 조건〉에서 묘사한 맨체스터의 야비한 공장주 정도였을지 모르지만, 〈니벨룽의 반지〉가 초연되던 1876년에는 독일의 크룹이나 미국의 카네기 같은 철강업자가 되기 위해 착실하게 길을 닦는 중이었다.

알베리히의 미덕을 강조하자는 것은 아니지만 이제 현대 기업가들을 〈니벨룽의 반지〉의 알베리히처럼 그렇게 쉽게 쫓아내거나 추방할 수 없다는 것은 누구나 인정할 수밖에 없다. 이 사실을 인정하지 않는 사람은 마르크스주의라는 이름 아래, 이미 오래전에 쇠퇴한 것을 숭배하는 늙은 사회 민주주의자 정도일 것이다. 알베리히들이야말로 총체적인 상황을 지배하는 자들이다. 보탄도 알베리히에게 의존한다는 점에서는 파프너 못지않다.

전쟁의 신은 알베리히가 일하는 곳을 방문해서 감동적인 연설로 그들을 찬양하고 자신의 적들을 투옥시킨다. 한편 로게는 의회에서 자신의 일을 하는 데 그들의 승인 하에 그들을 위해 마음대로 전쟁을 일으키고 통상 조약을 맺는다. 그리고 '언론'이라 불리는 새로운 신을 소유하고 통제하는데 언론은 여론을 그에게 유리하도록 조작하고 지크프리트를 탄압하고 박해하는 일을 수행한다.

이러한 상황은 지크프리트가 알베리히의 방법을 배운 다음 그가 행한 역할을 수행하지 않는 한 영원히 끝나지 않는다. 그런데 아직 그렇지 못하기 때문에 지크프리트가 여전히 알베리히에게 철저히 지배당하고 있는 것이다. 게다가 끽 소리도 하지 못하고서 말이다. 알베리히의 일이 보탄이나 로게의 일처럼 꼭 필요한 것이어서 그를 대신할 수 있는 것은 전사가 아니라 그의 업무를 단 하루도 쉬지 않고 계승할 수 있는 유능한 실업가라는 사실을 깨닫지 못할 만큼 아둔하고 무지하거나 아니면 공상적인 비현실주의자라면 또 반항을 할지 모르겠지만……. 가령 전세계의 프롤레타리아가 계급의식을 가지고 마르크스의 호소 아래 단결해서 계급투쟁에 승리한 다음, 모든 자본이 공유 재산이 되고, 군주, 부자, 지주, 자본가가 모두 평등한 시민이 되었다고 치자. 하지만 승리한 프롤레타리아트에게는 다음날 굶어 죽거나 아니면 그때까지 로마노프 왕가나 호엔촐레른 왕가 또는 크룹이나 카네기 등과 같은 독재적 군주, 기업가, 혹은 그 하수인들이 수행하던 일들을 도맡아 해야 하는 상황이 기다리고 있을 뿐이다. 물론 이런 거물들은 일이 그렇게 진행되기 전에 전력을 다해 자신들의 권력과 재산을 지키려고 할 것이다. 마르크스를 실무가로, 티에르를 악당으로 오해하고 있는 혁명 세력이 그저 의분에 휩싸여 항거하거나 설교하는 아마추어 음모가가 아니라 긍정적이면서 실무 능력을 갖춘 행정 요원이 될 때까지 버틸 것이다.

이 모든 것은 바그너의 오페라나 마르크스의 책에서는 결코 예측할 수 없었던 발전이다. 두 사람 모두 이 시대의 종말을 예언했으며 추측할 수 있는 한 그것은 맞는 말이었다. 또한 둘 다 당시 역사학자들보다 훨씬 뛰어난 통찰력으로 산업의 역사를 1848년까지 끌고 올라갔다. 비록 1913년에는 그 시대가 너무 번성했기 때문에 그런 예언이 말도 안 된다며 무시당했지만 말이다. 하지만 그로부터 10년도 채 안 되어서 유럽의 상황이 바뀌고 말았다. 아무리 인정 많은 사람이라도 굶주림에 시달리는 수많은 아이들을 도울 수 있도록 반 크라운만 달라는 부탁에 고개를 젓고 어깨를 움츠리게 되었다. 그리고 알베리히는 엄청난 부를 축적하게 되면서 자신을 불사조라고 생각하게 되었고, 보탄과의 동맹 덕분에 그의 아들딸은 위험한 봉건적 군국주의적 이념의 영향 아래 놓이게 된다.

바그너와 마르크스뿐 아니라 《자본론》에서 헛되이 신의 계시를 구하는 대신 현대사와 실제적인 행정 경험에 의거해 새롭고 안전한 길을 모색한 사람들이 지적했듯이, 알베리히가 나아가는 길 끝에는 심연이 입을 벌리고 기다리고 있다. 하지만 알베리히는 지금까지 걸어온 길이 심연으로 이어진다는 것을 믿지 않으며 새로운 길로 나아가려고 하지도 않는다. 대중은 이러한 심연에 대해서는 아무것도 모르고 있다. 그들이 아는 것이라고는 오직 가난뿐. 따라서 알베리히는 점점 더 빠르게 나가다가 마침내 봉건적인 사위들과 함께 손에 칼을 들고 행진해 나아가 거대한 폭탄으로 자신의 길을 폭파해버린다. 결국 그 순간에 있으리라고는 꿈에도 생각하지 못했던 심연으로 곤두박질치면서 자신의 길동 무로 중부 유럽과 동유럽 문명을 함께 끌고 간다. 뒤에 남겨진 옛 마르 크스주의자인 볼셰비키, 사회민주주의자, 공화주의자나 기타 혁명가들 이 어떻게 좀 해 보려고 최선을 다한다. 하지만 그 과정에서 그들은 이 마지막 몇 페이지에 담긴 내용이 사실이라는 것을 깨닫게 될 뿐이다.

하지만 생전에 바그너는 알베리히가 이처럼 어이없이 추락하는 꼴을 보지 않았다. 대신 지크프리트가 추락하는 것을 보았다. 지크프리트는 알베리히와의 싸움에서 자신이 승리하기 위해 아무런 조치도 취하지 않았다. 알베리히 또한 자살을 꾀하는 등 우둔함에 있어서는 지크프리 트보다 나을 게 전혀 없었다. 이제 바그너는 직업상 지크프리트보다 실 질적인 인간이 되어야 했다. 대영박물관 열람실에서 10년 동안 책에 몰 두하는 것보다 오페라 한 편을 공연하거나 오케스트라를 한 번 더 연습 시키는 것이 세상을 더 많이 배우는 방법일 수도 있다.

바그너는 청중에게 우의의 의미를 충분히 전달하기 위해서는 〈발퀴 레〉 뒤에 몇 편의 오페라를 더 끼워 넣어야 한다는 사실을 〈라인의 황 금〉과 〈황제 행진곡〉을 쓰는 사이에 깨달았다. 아울러 여기에 삽입해 야 할 최초의 드라마는 〈지크프리트〉보다는 〈리엔찌〉와 더 많이 유사 할 것이라는 점도. 1848~9년의 드레스덴 봉기 때 자라나서 1871년에 티에르의 기관총에 의해 붕괴된 혁명 세대 영웅들의 유치한 행정 능력 과 낭만적인 평가에 대해 바그너가 눈을 떴다는 데 의심을 품은 사람이 라면 그의 〈항복〉*을 읽어보는 것이 좋을 것이다. 이 해학적인 익살극에서 〈지크프리트〉의 작사가이자 작곡가는 초등학생처럼 경박하게 프랑스 공화주의자들을 조롱하고 있는데 프랑스 공화주의자들이 1849년에 바그너가 봉기에 참가했다가 망명길에 오른 것과 똑같은 짓을 했기 때문이다. 바그너는 자신의 가장 위대한 음악 속에 드레스덴 봉기의 열정을 불어넣으려고 애를 썼었다. 그러나 20년 후의 열정에 대해서는 로시니의 곡을 비웃는 것으로 대신하였다. 〈항복〉에 나오는 합창 중, 우스꽝스러운 구절 '리퍼블릭, 리퍼블릭, 리퍼블릭-릭-릭' 으로 무엇을 나타내려 하는지는 분명하다. 거기 로시니의 〈윌리엄 텔〉 서곡이 스코어에 적어놓은 양 확실하게 드러나 있다.

바그너와 같은 사람의 경우 이러한 전향을 두고 프로이센 · 프랑스 전쟁에서 독일이 압승하자 그에 따라 촉발된 강경한 주전론이라거나, 〈탄호이저〉의 대실패에 따라 그가 파리 사람들에게 갖게 된 개인적 원한이라고 설명할 수는 없다. 그는 파리 사람들보다 동향 사람들에게 더 큰 개인적 원망을 품을 이유가 많았다. 파리에서 궁핍한 생활을 한 시절보다 드레스덴에서 성공을 거둔 시절을 그는 열 배는 더 힘들게 생각했다. 바그너는 〈항복〉을 통해 자신의 생각을 토로함으로써 큰 인물이나 하찮은 인물 모두가 가지고 있는 좀더 편협한 감정을 만족시켰을 것이다. 하지만 그는 그런 만족감에 한없이 빠져 있거나 정말로 그것을 만족이라고 느끼는 그런 사람은 아니었다. 비록 그가 노퉁을 휘두르려 하

---

* 프로이센 · 프랑스 전쟁에서의 1870년 프랑스 항복과 독일에서 볼 수 있었던 프랑스 취미를 풍자한 극작품

거나 자신의 예술을 위해 독일 왕 하나가 해준 것만큼도 하지 않은 정치 선동가들의 행정적 무능력을 경멸하지 않았고 또 그 자신이 열광적인 선동가였지만 말이다. 그때까지 바그너는 자신의 생각에 너무 빠져 있던 나머지 세계는 선의가 아닌 행동으로 지배되며, 유능한 죄인 하나가 아무 쓸모없는 성인이나 순교자 열보다 더 낫다는 사실을 모르고 있었다.

이 문제 대해서는 더이상 설명하지 않아도 되리라. 모든 천재가 그렇듯이 바그너는 남들보다 월등히 성실했고, 남들보다 사실을 더 존중했으며, 감상적인 대중 운동의 최면적 영향력으로부터 남들보다 더 자유로웠고, 정치 권력의 실상에 대해서도 다른 이들보다 뛰어난 감각을 지니고 있었다. 근대 국가의 실질적인 지배자들이 겉으로 보이는 것과는 달리 뒷구멍으로 모든 일을 조종하면서 무력을 키우고 있다는 사실을 알았던 것이다. 〈신들의 황혼〉을 작곡했을 때 그는 지크프리트의 패배와 보탄—로게—알베리히 삼위일체 체제의 승리를 사실로 인정했다. 그는 더이상 영웅이 나타나 멋지게 해결해주기를 바라지 않고 대신 〈파르지팔〉에서 새로운 주인공상을 구상했다. 바그너에 따르면 그 주인공은 영웅이 아니라 바보다. 그는 어쩔 수 없이 사람을 베는 검이 아니라 사용해서는 안 된다는 조건 하에 창으로 무장하고 있다. 아울러 용을 죽이고 크게 기뻐하는 사람이 아니라 백조를 쏘아 떨어뜨린 것을 부끄러워하는 그런 사람이다. 구원자에 대한 그의 생각이 완전히 바뀐 것이다. 이는 바그너의 사고방식이 〈라인의 황금〉에서 〈신들의 황혼〉으로 넘어가는 사이에 완전히 변했다는 것을 의미한다. 그리고 이 사실이 그가 왜 〈니벨룽의 반지〉의 우의성을 버리고 이전의 '로엔그린화'로 돌아갔는지를 설명해준다. 그가 왜 〈지크프리트〉를 쓰레기통에 버리고 〈발퀴레〉에서부터 〈니벨룽의 반지〉를 다시 써나가지 않았을까 의아해 하는 사람이 있다면 그런 일을 하기에는 아직 시기상조라는 설명을 해주어야 하리라. 바그너나 당시에 살았던 그 어떤 이도 그 일을 이룰 만큼 시기를 충분히 알지 못했다. 게다가 그가 이미 이루어 놓은 작품들이 그의 엄청난 에너지와 인내력을 갉아먹은 상태였기에 그는 남아 있던 에너지로 나름대로 최선을 다해서 작품을 쓴 것이다. 로시니가 자신의 몇몇 종교적 작품을 갤럽(4분의2 박자의 경쾌한 춤곡)으로 마무리했듯이 그는 그 작품을 오페라로 마무리하였다. 그런 경우 로시니가 그의 스코어에 양해를 구하는 메모를 해놓았던 데 반해 바그너는 우리 자신이 그 변화를 찾도록 내버려 두었다. 아마도 우리가 그의 의도를 얼마나 잘 이해하는지 테스트하기 위해서 그런 게 아닐까?

제8장

바그너 본인의 설명

〈니벨룽의 반지〉에 대해 나 자신의 개인적인 설명을 다 해놓고 이제
와서 바그너 본인의 해설을 소개해도 괜찮은 걸까? 만약 괜찮다고 하
더라도—나는 괜찮다—, 바그너의 해설을 결정적인 것으로 받아들이지
는 않을 것이다. 이 4부작이 완성된 지 어느덧 반세기 가까운 세월이 흘
렀다. 그동안 천재들이 거의 본능적으로 하다시피 한 행위들의 목적 대
부분이 실제로 행동을 한 본인들보다 보통 사람들에게 더 명확하게 이
해되었다. 몇 년 전인가 입센의 연극을 해설할 때 그가 자신의 주제에
대해 나만큼 확실히, 아니 비슷하게라도 의식했었는지 알 수 없다고 말
한 적이 있다. 우매한 사람들이나 또 우매하지는 않지만 독일에서 말하
는 이른바 "경향파적" 작품을 직접 써본 적이 없는 몇몇 비평가들은 이
말을, 입센 본인보다 입센을 더 잘 알고 있다는 터무니없는 자만심의

표출이라고밖에 생각하지 않았다. 나는 바그너에 대해서도 이와 똑같은 말을 하고자 하는데, 다행히도 내 말을 뒷받침해줄 만한 바그너 본인의 말을 찾을 수 있었다. 그는 1856년 8월 23일 레켈에게 보낸 편지에서 다음과 같이 말했다.

자기 작품이 참된 예술 작품일 경우 자신에게조차 그것이 수수께끼처럼 느껴져 다른 사람이나 마찬가지로 잘못 생각하고 있을지도 모르는 판국에, 어떻게 작가가 작품을 만들면서 직관적으로 느꼈던 것들을 남들이 완벽하게 이해하리라고 기대할 수 있단 말인가?

다시 말해 우리는 천재적인 사람들의 맹목적인 본능의 산물을 논리적 구상의 귀결이라고 생각함으로써 그들을 신격화하는 경향이 있다. 마치 우주의 창조력을 신격화하듯이 말이다. 여기서 바그너가 말하는 '참된 예술'이란 예술가의 본능이 작용하는 것이며, 맹목적이라는 점에 있어서 다른 본능과 전혀 다를 바 없다. 모차르트는 누군가 자신의 작품에 대해 설명해달라고 부탁하자, 솔직하게도 "내가 그걸 어떻게 알아?"라고 대답했다고 한다.

바그너는 작곡가인 동시에 철학가이자, 비평가였기에 자신의 작품에 대해 항상 정신적인 측면의 설명을 모색했다. 그 결과 몇몇 작품에 대해서는 훌륭하게 설명했지만, 아쉽게도 작품 모두 제각각이었다. 이는 헨리 8세가 자신의 혈액순환에 대해 나름대로 훌륭하게 고찰했지만,

그가 죽고 나서 한참 후에야 의사 하비가 그에 대한 진실을 규명한 것과 같은 맥락의 이야기다.

그렇기는 하지만 바그너 본인의 설명이 무척 흥미롭다. 우선 〈니벨룽의 반지〉가 상당 부분을 차지하는데, 알베리히의 전제 정치와 니벨룽족의 노예 상태를 그린 부분에서는 특히 사회주의자의 관점에서 묘사한 자본주의 산업 체제의 초상화가 많이 드러난다. 이것은 인간이 지적으로 의식할 수 있는 영역에서 일어나는 활동 부분을 드라마화한 것이기 때문이다. 이 모든 것은 내무부가 관할하는 구체적인 일처럼 말하자면 바그너에게도 그 의미가 분명하다. 하지만 보탄의 운명에 관한 부분은 그렇지 않다. 1852년 바그너가 〈니벨룽의 반지〉 대본을 완성한 직후에 쇼펜하우어의 유명한 논문 〈의지와 표상으로서의 세계〉를 만나면서 그가 추구해 오던 생각이 완전히 뒤집어지는 일이 벌어졌다.

바그너는 쇼펜하우어의 이 철학적 걸작에 푹 빠져서 이 책을 가리켜 자신이 수많은 시작(詩作)을 통해 예술적으로 증명해온 인간성의 갈등을 지적으로 논증한 책이라고 말했다. 레켈에게 보내는 편지에서 그는 이렇게 말했다.

고백하건대, 내가 직관적으로 도달한 원리에 부합하는 논리적 개념을 다른 사람이 제공해 주었다. 이를 통해 마침내 나는 내 예술 작품을 명쾌하게 이해할 수 있게 되었다.

하지만 쇼펜하우어는 그런 일을 한 적이 없었다. 바그너는 스스로 의식하기 훨씬 전부터 쇼펜하우어주의자였다고 말하려 했지만, 그것은 그가 〈의지와 표상으로서의 세계〉에 너무 매료된 나머지 옛날 생각을 잊어버렸다는 것을 드러냈을 뿐이다. 왜 이런 일이 벌어졌을까? 이유는 간단하다. 바그너는 자기 자신에 대해 다음과 같이 말했다.

"한 인간의 마음속에서 본래의 직관적, 충동적 부분과 의식적, 이성적으로 형성된 관념 사이에 이토록 심각한 분열과 소외가 일어난 적은 거의 없었다."

쇼펜하우어가 현대 사상에 기여한 가장 큰 공로는 이러한 차이의 구분을 우리에게 명확하게 인식시켰다는 점이다. 르네상스 이전의 '종교와 예술의 시대' 사람들에게 있어서 이러한 구분은 친숙한 것이었지만, 그후로 르네상스의 이성주의에 파묻히고 말았다. 따라서 바그너가 쇼펜하우어의 메타 생리학('형이상학' 보다 덜 오해받을 만한 말을 사용해본다)*이 자기에게 딱 들어맞는다며 푹 빠진 것은 당연한 일이었다. 하지만 메타 생리학과 정치 철학은 엄연히 다르다. 지크프리트의 정치 철학은 쇼펜하우어의 정치 철학과 정반대다. 물론 쇼펜하우어와 바그너 모두 인간의 본능적인 부분(인간의 의지)과 추론 능력(〈니벨룽의 반지〉에서는 로게가 이를 체현한다)을 메타 생리학으로 구별해야 한다고 주장한다는

---

* 평론가 루이스(1817~1878)의 조어

점에서는 같다. 그런데 쇼펜하우어에게 있어 '의지'는 인간을 보편적으로 괴롭히는 것, 즉 커다란 해악인 '생명'을 창조하는 것이고, 이성은 생명 창조의 의지를 뛰어넘어 극기를 통해 휴식과 안락, 소멸과 열반으로 이끄는, 하늘이 주시는 은혜다. 물론 이것은 염세주의적 주장이다. 반면에 바그너는 〈니벨룽의 반지〉를 쓸 즈음, 무척 낙관적인 혁명적 사회 개량주의자였다. 그는 추론 능력을 경멸하였는 바, 책략을 좋아하고 비현실적이며 사람을 미혹시키는 로게가 바로 이에 해당하는 인물이다. 대신 생명 창조의 의지에 대한 전적인 믿음을 멋진 지크프리트로 표현하였다. 그런 그가 쇼펜하우어의 〈의지와 표상으로서의 세계〉를 읽고 나서는 사실 자신이 진작부터 늘 염세주의자였고 〈라인의 황금〉에서 보탄의 가장 사려 깊고 훌륭한 조언자가 로게라고 주장하고 나선 것이다.

때때로 바그너는 자신의 견해가 바뀐 것에 대해 매우 솔직하다. 그는 레켈에게 쓴 편지에서 다음과 같이 말하고 있다.

니벨룽의 드라마는 고대 그리스적 원리 위에 내 나름의 논리로 낙관적 세계를 세우던 때 틀을 잡은 것이다. 그 당시 나는 사람들이 바라기만 하면 그런 세계가 반드시 실현되리라고 믿었다. 그러면서 사람들이 왜 그것을 바라지 않을까라는 문제는 교묘히 미뤄놓았다. 이렇게 창작상의 확실한 목적을 가지고서 나는 고통을 모르는 인물을 그려내고자 하는 의도로 지크프리트의 성격을 구상했다.

하지만 그는 〈라인의 황금〉이나 〈발퀴레〉까지 거슬러 올라가 이러한 표면적인 낙관적 사상의 배후에는 항상 '숭고한 체념의 비극 및 의지의 부정' 이라는 직관이 있었다고 주장한다. 이를 설명하려다 보니 바그너는 철학적으로는 온갖 사상을 다 갖추었고 개인적으로는 온갖 모순으로 똘똘 뭉친 재미있는 사람이 되고 말았다. 자신과 관련해서는 낙관주의를 일러 이성의 불모지로 우연히 발을 들여놓게 된 소풍이라고 하면서 '고대 그리스적' 이라고 부르던 그가, 다른 곳에서는 이를 역겨운 유태주의라고 규탄한다.

당시 바그너에게 유태인은 모든 현대인을 대신해서 얻어맞는 존재였다. 또 런던에서 보낸 편지에서 그는 레켈에게 쇼펜하우어에 대해 열심히 설명하면서 모든 잘못과 헛된 욕구에서 벗어나려면 생에 대한 의지를 단념해야 된다고 주장했다.

그 주제에 대해 여전한 흥미를 보이면서 쓴 다음 편지는 그가 런던을 떠나 제네바까지 가서 '매우 유익한 수(水)치료법' 을 받았다는 내용으로 끝을 맺고 있다. 이 일이 있기 7개월 전에 쓴 편지의 내용은 다음과 같다.

사실 나도 전원 생활을 꿈꿔본 적이 있다네. 근본적으로 건강한 인간이 되기 위해서 2년 전에 수치료법을 받으러 갔었지. 건강한 자연의 자식이 될 수만 있다면 예술이든 뭐든 다 내팽개칠 생각이었어. 하지만 친구, 나는 내가 좀 이상해졌다는 것을 깨닫고 나 자신의 순진함을 비웃지 않을 수가 없었네. 약속의 땅에 도달할 인간이 누가 있을까? 우리 모두 고립된 가운데 죽을 터인즉. 누군가도 말했듯이 지성은 일종의 병이라네. 절대로 고칠 수 없는 불치병이지."

레켈은 바그너의 죽마고우로, 〈니벨룽의 반지〉와 〈신들의 황혼〉에 모순이 있다면서 분명 그에게 설명을 요구했을 것이다. 그러자 바그너는 이따금 불쾌한 감정을 드러내면서도 끝까지 교묘하게 자기 자신을 변호했다. "내 진정한 본능에 따라 지나치게 명백해지지 않으려 하네.
내 의도를 전부 드러내다 보면 진정한 통찰을 가로막을 게 틀림없기 때문이지"라는 호소에서부터 해설을 연발하고, 그 해설에 대한 주석까지 늘어놓는 등 온갖 방법을 다 동원하였다.
레켈이 〈신들의 황혼〉의 브륀힐데를 마음에 들어하지 않는다고 생각한 바그너가 흥분하고 초조해하다 마법의 투구 장면을 고쳐 쓴다. 하지만 결국 자포자기 상태가 되어 "말로 설명하라는 자네가 잘못이네. 자네는 단순히 말로 표현할 수 없는 그 무엇인가가 일어나고 있다는 것을 알아야 해"라고 외치고 만다.

바람둥이 염세주의자

　　종종 바그너는 염세주의와는 정말로 멀찌감치 거리를 두고 있다. 그리고는 레켈에게 자유롭게 살려는 의지를 극복할 것이 아니라 '마음을 고무시키는 아름다움'을 통해 감옥 생활의 괴로움을 달래라고 권고하기까지 했다. 하지만 다음 순간 생을 위한 예술조차 내팽개쳐 버린다. 그는 다음과 같이 재치 있게 말한다.

　　"생이 끝나는 지점에서 예술이 시작된다. 젊었을 때는 이유도 모르면서 예술에 끌려든다. 그렇게 예술을 부여잡고 평생을 살다가 반대쪽으로 나오고 나서야 자신의 쓰라린 경험을 통해 삶 자체를 잃어버렸다는 사실을 깨닫게 된다."

그의 유일한 위안은 사랑받는 것이었다. 그리고 사랑이라는 주제 앞에서 그는 아무런 거리낌도 없다. 이는 쇼펜하우어로부터 지독하게 경멸받았을 법한 것으로 앞에서도 봤듯이(사랑은 만병통치약) 실은 가장 바그너다운 특징이다. 그는 이렇게 말한다.

가장 완벽한 현실성이 있는 사랑은 이성 간에만 가능하네. 인간이 진정으로 사랑할 수 있는 경우란 남자와 여자의 관계일 때밖에 없지. 이밖의 모든 사랑의 표현도 따지고 보면 이 열정적인 진짜 감정, 즉 이성애로 거슬러 올라갈 수 있는데 다른 모든 애정이란 결국 그것의 영향이나 모방, 또는 그것과 관련된 것에 지나지 않아. 이성애를 단순히 여러 가지 사랑의 표현 방법 중 하나라고 보면서 이와 비슷한, 혹은 그 이상의 사랑의 형태가 있을 것이라고 생각하는 것은 잘못이라네. 형이상학자들처럼 현실보다 비현실을 중시하고 추상에서 구체를 이끌어내는 사람—즉 사실보다 말이 앞서는 사람—은 사랑의 표현보다 사랑의 관념을 존중한다는 점에서 옳을 수도 있지. 또 감정을 통해 드러난 실제 사랑이란 감각과는 전혀 상관없는, 이미 존재하는 추상적 사랑이 눈에 보이는 형태로 외부에 나타난 것에 불과하다고 주장할지도 모르네. 그리고는 대체로 그 모든 감각적 기능을 비하하려 들겠지. 하지만 이런 사람은 분명 지금까지 한 인간으로서 사랑한 적도, 사랑받아본 적도 없는 사람일 게야. 그렇지 않다면 사랑이라는 감정을 비하해서 그가 규탄하는 것이 실은 진정한 인간적 사랑이 아니라 사랑을 감각적으로 표현하는 것이거나 사랑의 동물적 본능에서 비롯된 행위라는 것을 이해할 테니까. 한 개인이 최고의 만족감을 느끼거나 자기 자신을 가장 잘 표현할 수 있는 경우란 그 사람이 무언가에 완전히 몰입했을 때에만 가능한데 그것은 사랑을 통해서만 도달할 수 있다네. 여기서 말하는 인간이란 남자와 여자를 다 가리키는 말일세. 이 둘이 하나가 되었을 때 비로소 진정한 인간이 존재한다네. 따라서 남성과 여성이 완전한 인간성에 도달하려면 오로지 사랑에 의존할 수밖에 없다는 말이지. 하지만 요즘 우리들은, 무정한 얼간이들인 관계로 인간하면 자기도 모르게 남자만 떠올리지. 어쨌거나 남자와 여자가 사랑(감각적이면서 초감각적인)으로 하나가 되었을 때에야 비로소 인간으로 존재하는 거라네. 그리고 인간은 자기 자신—인간 자신—보다 뛰어난 존재란 생각을 할 수 없기 때문에 사랑을 통한 인간성의 완성이야말로 가장 탁월한 생명 활동인 게야.

장래 쇼펜하우어주의자의 말을 듣고 난 다음이니 이제 알게 되었을 것이다. 바그너의 자기 작품에 대한 해설은, 대부분 그가 그날 품었던 기분이나, 질문자의 말에 자극을 받고 그의 매우 예민한 상상력과 활발한 정신 활동이 빚어낸 일련의 생각에 불과하다는 사실을. 특히 사적인 편지에서 바그너는 편지를 받는 사람에 따라 변명도 다르게 했기 때문에 그는 모든 사람의 입장에서 모든 종류의 주장을 한다. 그러므로 편지에 쓴 그의 설명은 영구불변의 진지한 해설이 아니라 재기 넘치는, 시사적인 변명으로 보아야 한다. 이들 작품은 작품 스스로 말해야 한다. 만약 〈니벨룽의 반지〉가 어떤 것을 이야기하고 있는데 나중에 편지에다가 〈니벨룽의 반지〉의 의미를 다르게 말한다면, 마치 이 두 가지를 서로 다른 사람이 쓰거나 한 것처럼 〈니벨룽의 반지〉를 통해 편지의 내용을 단호하게 논파해야 할 것이다. 그렇기는 하지만 전체적으로 바그너의 말에 제법 정통한 사람이라도 그것들 안에서 설명할 수 없는 모순을 발견하는 사람은 없을 것이다. 그와 같은 타입의 모든 사람들에게서와 마찬가지로, 우리의 다면적 성격이 바그너 속에 몹시 뚜렷하게 나타나기 때문에 그는 마치 여러 사람이 한 사람으로 집약된 것처럼 보인다. 싸우기 좋아하고 공격적이며 혈기 넘치는 개혁파 노릇에 지치면, 어느 순간 염세주의자에 열반지향자로 변하는 것이다. 〈신들의 황혼〉제3막에 나오는 브륀힐데의 "편안히 쉬소서, 편안히 쉬소서, 신이여"에서 느껴지는 마음의 평온은 깊은 확신이라는 면에서 너무도 숭고하다. 하지만 몇 페이지만 앞으로 돌아가보면 지크프리트가 제멋대로 벌이는 소동이나 부족민의 흥청망청하는 야단법석이 똑같은 강도로 묘사된다. 바그너는 일주일 내내 쇼펜하우어주의자도 아니었고, 그렇다고 바그너주의자도 아니었다. 그의 생각은 그의 기분만큼이나 자주 변한다. 월요일, 펜을 휘두를 기분이 전혀 나지 않는다. 화요일, 새로운 팸플릿을 쓰기 시작한다. 수요일, 자기 작품은 정확하게 자신의 의도대로 무대에 올려야 사람들이 이해할 수 있다고 생각한다. 그러면서 그가 지휘자로서 자기 작품의 극히 일부분을 단상에서 공연한다는 것이 얼마나 무리한 일인지를 모르는 사람들의 오해 때문에 안절부절못한다. 목요일, 바그너 선집(選集) 콘서트를 열고, 끝난 다음에는 연주자와 청중 모두 얼마나 깊은 감명을 받았는가를 친구들에게 편지로 전한다. 금요일, 모든 도덕적인 법령에 반항하려는 지크프리트의 자기 주장에 열광하는 한편, '변화와 재생이라는 보편 법칙'의 혁명적 의미가 머릿속에 가득하다. 토요일, 갑자기 거룩한 생각에 사로잡혀 친구에게 묻는다. "근본적인 사상을 포기하지 않은 도덕적 행위를 생각할 수 있을까?" 한마디로, 바그너는 자신 속에 자기 부정의 증거가 될 만한 것을 무진장 품고 있었다고 할 수 있다. 이는 베토벤이 우울한 사람이었는가, 쾌활한 사람이었는가를 놓고 어리석은 두 사람이 논쟁을 벌이면서, 한 사람은 베토벤의 스케르초*를 예로 들고, 또 한 사람은 반대 증거로 아다지오*를 예로 드는 것과 같다.

* 경쾌한 3박자의 기악곡
* '매우 느리고 평온하게' 라는 뜻의 음악 용어

제9장
〈니벨룽의 반지〉의 음악

라이트모티브(유도 동기)

　〈니벨룽의 반지〉의 음악을 따라가려면, 금방 알아보기 쉬우면서 거기에 어떤 확실한 의미를 부여해놓은 짤막한 곡조들에 익숙해져야 한다. 이는 일반적인 영국인 누구나 국가의 첫 소절만으로도 그것이 국가라는 것을 알고 의미를 부여할 수 있는 것과 마찬가지다.　따라서 별로 어려운 일은 아니다. 모든 병사들이 서로 다른 군대 나팔 소리를 기억해서 구분해야 하는 것과 마찬가지다. 이것이 가능한 사람이라면 〈니벨룽의 반지〉의 라이트모티브도 기억해서 구분할 수 있다. 더구나 계속해서 반복되기 때문에 기억하기가 훨씬 더 쉽다. 게다가 중요한 모티브는 그것이 지시하는 대상이 처음 무대에 등장할 때나 표현하고자 하는 생각이 처음 극적으로 선명하게 표현될 때 매우 강렬한 인상을 주면서 들려오기 때문에 관객은 자기도 모르는 사이에 필요한 연상을 할 수 있다. 모티브는 길지도, 복잡하지도 않으며 그렇다고 어렵지도 않다. 역마차의 화려한 나팔 소리나 새의 지저귐, 우체부의 노크 소리, 빠른 말발굽 소리의 리듬만 알면 〈니벨룽의 반지〉의 모티브를 알아듣는 데 아무 문제도 없을 것이다. 모티브가 연상시키는 내용을 생각하고자 할 때, 관객들은 마음속으로 그 내용을 떠올리기 전에 귀가 먼저 그 멜로디를 기억하고 있음을 분명히 깨달을 것이다. 하지만 모티브가 사상을 표현하는 일은 거의 없다. 모티브가 표현하는 것은 지극히 단순하고 보편적인 감정이나 풍경, 소리, 또 어린아이들에게도 친숙할 만큼 평범한 공상들이다. 실제로 어떤 모티브는 너무 유치해서 하이든의 〈천지창조〉에 나오는 말이나 사슴, 벌레를 소개하는 재미있는 간주곡 같기도 하다. 〈니벨룽의 반지〉에도 역시 말, 용 등이 등장하는데 바그너 역시 이를 하이든과 똑같은 방식으로 표현하는 바람에 그러한 것들을 기분 좋게 받아들이려 하지 않는 고상한 취미의 사람들에게는 무척 우스꽝스러운 것이 되기도 한다. 브륀힐데가 자신의 애마, 그라네를 암시할 때마다 '탄, 탄, 탄' 하고 나오는 셋잇단음표는 바그너에게 푹 빠진 바그너주의자들조차 고민스럽게 만든다. 거기에는 말을 연상시키는 분위기는 전혀 드러나지 않은 채 셋잇단음표가 연속적으로 쏟아져나옴으로써 음악이 빠르고 활기차게 진행되는 효과만 있을 뿐이다.

음악으로는 도저히 흉내낼 수 없는 대상을 나타내는 모티브도 있다. 예를 들어 반지나 황금 등이 그렇다. 하지만 두 가지 다 그에 해당하는 라이트모티브가 있어서 스코어의 여기저기에 자주 등장한다. 그렇다면 황금은 어떻게 형상화했을까? 바그너는 〈라인의 황금〉 제1장에서 햇살이 물속을 비춰 그때까지 보이지 않았던 황금이 반짝반짝 빛날 때 오케스트라가 갑자기 아름다운 모티브를 연주하는, 눈에 띄는 방법으로 황금을 형상화했다. 마법 투구의 짧고 기묘한 모티브도 처음부터 확실히 알 수 있다. 왜냐하면 관객의 관심이 마법 투구와 그 마법에 홀딱 빠져 있을 때 오케스트라가 먼저 이 모티브를 두드러지게 연주하기 때문이다. 칼의 모티브는 〈라인의 황금〉 마지막에 나타나 보탄의 영웅에 대한 구상을 표현한다. 앞에서도 설명했지만, 바그너는 관객들의 머리뿐만 아니라 눈에도 호소해야 하기에 실제 무대를 연출할 때 출판된 스코어에는 나와 있지 않은, 보탄이 칼을 들어 휘두르는 장면을 추가한다. 이처럼 바그너는 관객에게 리얼리티를 주기 위해 타협했는데, 만약 이러한 타협이 없었더라면 칼의 모티브와 칼은 〈발퀴레〉 제1막에 가서야 비로소 서로 연결된다. 훈딩의 집 난롯가에 무기도 없이 홀로 남겨진 지크문트가 내일 아침 훈딩과 결투할 것이라고 확신하는 장면이다. 그 순간 지크문트의 머릿속에 '필요할 때 칼이 생길 것'이라던 아버지의 약속이 떠오른다. 그러자 사그라져가던 난로의 불꽃이 나무에 박힌 칼자루를 비추면서 갑자기 떨리는 듯한 오케스트라의 연주를 통해 칼의 모티브가 어렴풋이 흘러나오기 시작한다. 그러다가 불꽃이 사그라들고 칼이 다시 어둠 속에 묻히면서 칼의 모티브도 사라져간다. 이 모티브는 그후 지클린데가 칼의 유래를 이야기하는 동안에도 계속해서 흘러나오다가 지크문트가 의기양양하게 나무에서 칼을 잡아 빼는 순간 매혹적이면서도 웅장하게 울려 퍼진다. 이 모티브는 겨우 일곱 개의 음표로 이루어져 있고 박자도 매우 뚜렷하며 멜로디는 트럼펫이나 우체부의 나팔 소리처럼 단순하고 화려하다. 따라서 선율을 들을 줄 아는 사람이라면 절대 놓치지 않는다.

발할라의 모티브는 처음 신들의 성이 〈라인의 황금〉 제2장 초반에서 관객들과 보탄의 눈앞에 그 모습을 드러낼 때 엄숙하고 웅장하게 울려 퍼지는데, 이 또한 놓칠 염려는 없다. 이 모티브 역시 기억하기 쉬운 리듬으로 되어 있으며, 간단한 화음 세 개로 이루어져 있다. 따라서 코믹한 노래를 듣기만 하고도 즉석에서 반주를 붙일 수 있는 명랑한 학생 정도면 그 웅장한 화음이 얼마나 대중적인 가락인지 알게 될 것이다. 아울러 편견을 지닌 사람들로부터 아직도 의심을 받고 있는, 바그너의 폴리포니*가 지니는 기발하고 별난 문제와는 한참이나 동떨어진 것이라는 점도…….

하지만 〈라인의 황금〉 제3장부터 울려퍼지기 시작하는 반지 모티브는 난쟁이의 소굴을 휩싸고 있는 어둠과 혼란에 관한 어떤 특징과도 연관되지 않는다. 이것은 멜로디가 아니라 음악가들이 싱커페이션이라 부르는, 리듬에 변화를 주기 위해 일부러 정규 패턴을 따르지 않은 운율상의 악센트에 불과하다. 세 개의 단3도가 겹쳐진 친근한 화음(전문적으로는 감7도 화음)으로 구성되어 있다. 이 모티브 또한 금방 알아볼 수

---

* 다성 음악. 대위법에 의한 음악. 선율과 반주라는 형식에 따르지 않고 두 개 이상의 성부가 독립적으로 움직이는 양식

있다. 하지만 앞에서 설명한 모티브들이나 반지의 저주를 표현하는 기괴하고 악의적인 모티브처럼 확실하게 드러나지는 않는다. 따라서 전체 모티브에 관한 한 이 작품을 처음 들었을 때 음악적 설계가 아주 분명하다고 말할 수는 없다. 하지만 대부분의 모티브는 뚜렷하며 중심이 되는 멜로디 또한 셰익스피어 희곡의 극적 동기처럼 확실하면서도 알기 쉽게 되어 있다. 이외에도 관객들이 쉽게 찾아낼 수 없는 모티브들이 스코어 여기저기에 숨어 있으므로 반복해서 듣다 보면 새로운 것을 발견하는 재미를 얻을 수 있다. 아울러 〈니벨룽의 반지〉에서 베토벤의 음악과 같은 지칠 줄 모르는 강인한 정신도 느끼게 된다.

각각의 등장인물에 관한 모티브는 해당 인물의 등장과 함께 나타나기 때문에 머릿속에 쉽게 각인된다. 그러면서 대체로 그 모티브와 인물의 성격이 아주 잘 들어맞는다. 거인들의 등장은 박력 있게 쿵쿵 걷는 박자의 모티브고, 미메는 늙고 섬뜩한 괴짜이기 때문에 가냘픈 두 개의 화음이 서로 불길하게 살금살금 나아가는 듯한, 섬뜩하고 기이한 모티브다. 구트루네의 모티브는 아름다우면서 달래는 듯한 느낌이고, 군터의 모티브는 거칠고 대담하나 평범하다. 그리고 어떤 인물이 무대 위에서 숨을 거두면 그 사람의 모티브가 점점 약해지다가 여운과 함께 침묵 속으로 사라져버리는데, 이는 바그너가 좋아하는 트릭 중의 하나다.

성격이나 생각의 표현

하지만 모티브 작업에 있어서 이 모든 것들은 아이들 장난에 불과하다. 좀더 복잡한 성격의 인물에 대해서는 단순히 하나의 모티브만 주어지는 것이 아니라 그들의 개성적인 사고방식이나 포부에 부합하는 특별한 모티브가 극의 진행과 함께 흘러나온다. 〈니벨룽의 반지〉의 주선율 구성에 있어서 가장 뛰어난 점은 극을 통해 드러나는 생각이나 느낌이 라이트모티브에 대위법적으로 잘 반영되어 있다는 점이다. 예를 들어 보탄의 경우, 용이나 말이 등장할 때나 베버의 〈마탄의 사수〉나 마이어베어의 〈귀신 로베르〉에서 악마가 등장할 때처럼, 그가 등장할 때마다 마치 우산에 붙여놓은 이름표인 양 오케스트라가 변함없이 고정된 모티브를 연주하는 일은 없다. 어떤 때는 발할라의 모티브가 신의 위대함을 표현할 때 사용되기도 한다. 그의 권력의 상징인 창은 다른

202

모티브로 표현하고 있다. 바그너는 이 모티브를 표현하는 데 자기 장기를 십분 활용한다. 즉 지크프리트가 노퉁으로 일격을 가해 창을 두 동강 냈을 때 칼의 모티브인 파열음으로써 창의 모티브를 관통해 산산조각내는 듯한 느낌을 자아낸 것이다. 보탄과 연결된 또다른 모티브로 나그네의 음악이 있다. 이것은 보탄이 세 가지 퀴즈를 내는 장면에서, 그가 미메의 동굴 입구에 나타났을 때 미메를 악몽과도 같은 공포에 떨게하는 위력을 표현한다. 이처럼 보탄과 관련된 모티브는 여러 가지일 뿐만 아니라 각각의 모티브가 극의 상황에 따라 음조나 음색에 미묘한 변화를 보인다. 젊은 지크프리트의 경쾌한 뿔피리 모티브도 마찬가지다. 당당한 화음을 자랑하는 이 모티브는 〈신들의 황혼〉 서막에서 지크프리트가 어엿한 영웅으로 등장할 것을 미리 알리면서 압도적인 웅장함을 과시한다. 아울러 미메에게도 두세 가지 모티브가 있다. 섬뜩한 모티브는 앞에서 이미 언급했고 쇠망치 소리를 흉내낸 셋잇단음표의 모티브도 있는데, 이것은 그가 죽을 때 알베리히가 잔인한 미소를 지으며조롱할 때에도 나온다. 마지막으로 자신이 어린 지크프리트를 주워다가 얼마나 애지중지 키웠는지 시시콜콜 이야기할 때의 중얼거리는 듯한 모티브도 있다. 이것 말고도 눈을 깜박거리고, 비틀거리고, 훌쩍거리는 등등의 모든 상황이 자잘하고 귀여운 음악들로 나타나 있다. 이런 곡조들이 잠깐 흘러나오기만 해도 미메가 무대에 있든 없든 당장 그를 생각나게 하는 것이다.

사실 라이트모티브를 사용함으로써 음악에서 극적인 성격 묘사를 한다는 것이 결코 쉬운 일은 아니다. 그래서 오페라 작곡 최고의 달인인 모차르트는 절대로 이 방법을 사용하지 않았다. 그런데 바그너가 〈니벨룽의 반지〉에 라이트모티브를 광범위하게 사용했다 해서 모차르트의 방법을 전혀 사용하지 않은 것은 아니다. 라이트모티브를 떠나서라도, 〈돈 조반니〉에 등장하는 돈 조반니와 그의 시종 레포렐로가 확실히 다르게 표현되었듯이, 지크프리트와 미메는 그들의 음악으로 확실히 구별되고, 〈마적〉의 사라스트로와 파파게나가 다르듯이 보탄과 구트루네도 확실히 구별된다. 각각의 인물에 주어진 모티브는 모티브 이외의 다른 음악이 그렇듯, 적절하게 잘 어울리는 곡조로 되어 있다. 예를 들어 발할라의 모티브나 창의 모티브를 숲 속의 작은 새나 불안정하고 사기꾼 같은 로게에게 사용하면 우스꽝스러운 부조화가 일어날 수밖에 없다. 그럼에도 역시 음악으로 인물의 성격을 표현하는 것은 특정한 모티브와는 독립적인 것으로 간주되어야 한다. 왜냐하면 음악 전체에서 라이트모티브 시스템을 완전히 제거해도 인물들은 변함없이 음악적으로 구별될 것이기 때문이다.

라이트모티브를 사용하는 방법에 대해 한 가지 예를 더 들겠다. 로게와 연관된 모티브는 두 가지다. 하나는 빠르게 물결치듯 비틀렸다가는 정신없이 움직이는 16분음표로, 이는 비현실적이고 교묘하게 잘 빠져나가며 논리에 빠삭한 모사꾼의 머릿속 움직임을 암시하고 있다. 다른 하나는 불꽃의 모티브다. 〈지크프리트〉 제1막에서 미메는 지크프리트에게 두려움이 무엇인지 설명해주다 공연히 헛고생을 한다. 나그네가 떠나간 뒤 악몽 같은 공포에 사로잡히게 된 미메. 그에게 공포란 보는 사람을 미혹시키는 빛이 주는 두려움 같은 것이기에—동시에 공상적이기도 하고 상징적이기도 하다—그는 지크프리트에게 숲 속에서 어스름하게 빛나는 불가사의한 빛이 무서워서 가슴이 방망이질친 적이 없느냐고 묻는다. 이 말을 듣고 지크프리트는 크게 놀라서 자기는 그런 빛이 보여도 심장이 두근거리지 않으며 아무런 느낌도 없다고 대답한다. 바로 이 장면에서 미메가 질문할 때 숨막힐 듯한 불안과 걱정이 담긴 화성으로 표현된 불꽃 모티브가 떨리는 소리로 울려나온다. 한편 지크프리트가 대답하는 장면에서 이것은 솔직하고 명쾌한 것으로 변하는데, 그러면서 불꽃의 모티브가 대담하고 찬란하며 침착하게 울려퍼진다. 이것이 모티브가 사용되는 전형적인 예다.

라이트모티브 방식은 작곡가로 하여금 선율적 소재에 관한 모든 가능성을 최대로 발휘할 수 있게 하면서 음악에 교향악적인 재미, 조리 정연함, 통일성을 제공한다. 그리고 베토벤의 경우 가장 짤막한 구절만으로도 아름다움, 사상과 감정의 표현, 의미를 드러내주는 기적을 불러일으킨다. 이와는 대조적으로 바그너는 이 방식을 취하는 과정에서 순수한 연극 작품이었다면 절대로 용납되지 않았을 반복에 마음껏 탐닉하였다. 극작가가 연극 대본을 쓰는 방법을 배울 때 가장 먼저 배우는 것이 제2막에 등장한 배우에게 관객이 제1막에서 이미 다 본 내용을 장황하게 늘어놓게 해서는 안 된다는 것이라고 한다. 바그너가 자신의 모티브를 너무 사랑한 나머지 이 원칙을 깨버렸다고 하면 숙련된 극작가는 그저 경악할 수밖에 없을 것이다. 지크프리트는 할아버지인 보탄으로부터 자기 이야기를 늘어놓는 버릇을 그대로 이어받은 탓에 만나는 사람마다 미메와 용에 대해 이야기해준다. 그가 전하는 이야기를 보느라고 관객들은 이미 하룻저녁을 꼬박 다 바쳤는데도 말이다. 하겐이 군터에게 반지 이야기를 한다. 그리고 그날 밤 알베리히의 망령이 하겐의 꿈속에서 같은 이야기를 반복한다. 그도 관객도 이미 다 아는 이야기다. 지크프리트는 라인의 처녀들에게 그들이 더는 못 들어주겠다고 할 때까지 이야기를 늘어놓는다. 이어 같이 사냥나간 일행에게 살해당할 때까지 그들에게 라인의 처녀들과 있었던 이야기를 해준다. 둘째 날 밤 보탄이 늘어놓은 자서전은 넷째 날 밤 노른의 입을 통해 다시 한 번 그의 전기로 되풀이된다. 노른이 이 전기에 약간 덧붙인 내용을 한 시간 후에 발트라우테가 다시 한 번 반복한다. 이런 반복이 어디까지 허용될 수 있느냐는 개인의 취미에 따라 다르다. 잘 만들어진 이야기라면 반복을 참아낼 수 있다. 만약 반복되는 이야기 속에 라인의 처녀들이 부르는 요들이나 미메의 경쾌한 모루 소리, 숲의 작은 새의 지저귐이나 지크프리트의 뿔피리 소리 등등 아름다운 곡이 포함되어 있다면 몇 번이고 들어도 좋을 것이다. 〈니벨룽의 반지〉를 어떻게 들어야 하는지를 새로이 배운 사람이라면 이제 반복이 너무 심한 소절이 있다고 쉽게 말하지는 않을 것이다.

그런데도 바그너가 과연 라이트모티브 방식을 가지고 선배들이 옛날 방법으로 쓴 오페라보다 음악적으로 풍요로운 음악극을 만들어낼 수 있을까 의심하는 안티 바그너주의자들이 있으니, 원!

그런 종류의 논의는 이 소책자에서 다룰 수 있는 범위가 아니다. 이제 〈니벨룽의 반지〉에 대해서는 더이상 말할 것이 없으므로 이 책을 끝내면서 기꺼이 일반적인 음악 비평을 몇 쪽 더 쓰고자 한다. 이는 이런 종류의 독서를 좋아하는 일반 음악 애호가를 위하는 한편, 만찬석상이나 오페라 막간에 바그너나 바이로이트에 대한 대화를 갖게 될 경우에 대비해 도움이 될 만한 지식을 원하는 사람을 위한 것이라고 하겠다.

제10장
낡은 음악과 새로운 음악

예전 오페라는 작품 속에 나오는 곡마다 매번 새로운 멜로디를 붙여
줘야 했다. 하지만 이러한 창조의 노력이 곡 처음부터 끝까지 계속되는
것은 아니다. 정해진 음률 패턴에 따라 작곡을 하는 경우, 패턴을 선택
하고 맨 처음 악절(시로 말하자면 시 한 행)만 작곡하면 그것으로 창조의
노력은 거의 다 끝난다고 할 수 있다. 그후에는 대개 이 패턴을 기계적
으로 집어넣는 작업으로, 이 점에 있어서는 벽지 디자인과 매우 흡사하
다. 그러므로 제2악절은 대부분 아주 분명하게 1악절의 영향을 받고 있
으며, 제3악절과 제4악절은 제1악절과 제2악절을 똑같이 반복하거나
아주 조금만 변화를 주는 것이다. 예를 들어 19세기에 영국에서 유행한
춤곡 '족제비가 뿡 하고 튀어나오네'나 독립전쟁 중에 미국에서 유행
한 '양키 두들'이란 노래는 첫 행만 알면 어느 삼류 음악가라도 나머지

삼행을 지을 수 있다. 그런데 〈니벨룽의 반지〉에는 이런 식의 노래가 매우 적다. 그리고 이 방법을 쓴 경우, 예를 들어 〈발퀴레〉 제1막의 지크문트의 봄노래나 〈지크프리트〉 제1막에 나오는 미메의 양육의 노래 같은 경우에, 대칭적인 악절이 주는 효과가 멜로디가 자유롭게 흐르는 다른 장면에 비해 두드러지게 빈약하고 진부하게 느껴진다는 점이 주목할 만하다.

훨씬 더 어려운 다른 작곡 방법으로는 자유로운 멜로디 한 소절을 만든 후 거기에다 모든 감정 변화를 나타내는 방법이다. 하나의 소절이 때로는 희망을 표현하고 때로는 우울, 환희, 절망 등등을 표현한다. 이런 종류의 모티브를 몇 개 만든 다음 이것들을 잘 엮어서 하나의 훌륭한 음악적 구조로 구축한 뒤 사람들 귀에다 끊임없이 변화하는 감정의 흐름을 파노라마처럼 들려주는 것이야말로 작곡가의 최고 기술이다. 바흐의 푸가나 베토벤의 교향곡이 바로 이런 식이다. 응접실용 발라드 작곡가는 말할 것도 없고 오베르나 오펜바흐처럼 좀 떨어지는 작곡가로 공인된 사람들은 대칭적으로 구성된 멜로디는 한없이 만들어낼 수 있지만 모티브를 교향악적으로 승화시키지는 못한다.

이러한 점을 감안할 때 〈니벨룽의 반지〉에 반복이 많다는 사실은 그것이 예전 방식으로 만든 오페라와 큰 차이가 없음을 의미한다. 그렇다면 실질적인 차이점이 무얼까? 예전 오페라에서는 전통적인 음률 패턴을 기계적으로 완성하기 위해 반복이 사용된 데 비해, 〈니벨룽의 반지〉에서 어떤 모티브가 다시 등장하는 이유는 그 모티브가 표현하는 극적인 사건이 다시 일어나는 데에 따른 것으로 지적이면서도 흥미 있는 일이다. 그리고 최고의 음악 형식에서는 언제나 여덟 소절로 된 대칭성으로 구성된 악절 대신 교향악적으로 다루어지는 모티브를 사용한다는 점을 기억해두기 바란다. 이것을 멜로디의 포기라고 말하거나 그에 동조하면 '난 춤곡이나 발라드밖에 모르는 무식한 사람'이라고 고백하는 것과 같다.

사실 무대 음악 작곡가가 음률 패턴 때문에 애를 먹어가며 만든 작품이란 문학 작품으로 치자면 마치 칼라일이 인습에 떠밀려 운율을 갖춘 시로 역사 이야기를 쓴 것과 비슷하다 하겠다. 다시 말해 이와 같은 구절을 쓰느라고 그의 문학적 독창성이 제한을 받고 있으며, 그 방면에는 재주도 없는데 단지 운율을 맞추느라고 자기 시간의 4분의3을 낭비하게 된다는 말이다.

문학의 경우 대작가는 오래전부터 운율 양식에서 자유로웠다. 버니언에서 러스킨에 이르는 근현대의 감동적인 산문 작가들을 아름다운 서정 시인들인 헤릭이나 오스틴 돕슨보다 낮게 평가해야 한다고 주장하는 사람은 없을 것이다. 단, 극문학 분야에서만큼은 아직도 무운시(無韻詩)의 거추장스런 전통이 남아 있어 멍청한 작가의 평범한 각본이 말도 안 되는 높은 평가를 받고 있다. 그런가 하면 대신 진정한 시인의 극적 양식으로부터는 그들의 천부적인 다양성과 에너지와 천진난만함을 앗아가고 있다.

이러한 사정은 앞에서도 살펴보았듯이 음악에서도 마찬가지다. 음악

역시 산문적 주제로도, 운율적 가락으로도 쓸 수 있기 때문이다. 단, 음악은 산문적 형식이 훨씬 어렵기 때문에 운율적 가락이 상대적으로 시시하게 느껴진다는 데에는 아무도 이의가 없을 것이다. 하지만 극문학과 마찬가지로 극음악에도 여전히 음률의 전통이 남아 있어 유해한 결과를 낳고 있다. 아울러 오페라 또한 비극과 마찬가지로 벽지처럼 상투적인 방법으로 만들어지고 있다. 극장은 예술에 있어서 싸구려 아름다움을 추구하는 사람들의 마지막 도피처가 될 운명이던가?

유감스럽게도 문학계의 대작가나 음악계의 대작곡가들도 자신들의 대표작에 장식적인 요소와 극적인 요소를 섞어서 사용했다. 대단히 감동적인 극적 표현은 장식적인 대칭 음률과 잘 어울릴 수도 있다. 단, 이는 예술가가 양쪽 모두에 재능이 있으면서 두 가지를 잘 결합시켜 세련되게 발전시키는 경우에만 해당된다.

예를 들어 셰익스피어나 셸리는 극작품을 운문으로 써야 한다는 관습적인 규칙에 전혀 구애받지 않은 사람들로, 그렇게 쓰는 것이 매우 손쉬운 싸구려 방법이라고 생각했다. 하지만 만약 셰익스피어가 관례에 따라 모두 산문으로 써야만 했다면 그의 모든 평범한 대사는 〈뜻대로 하세요〉의 첫 장면처럼 멋졌을 것이다. 그리고 모든 고상한 구절들도 '인간이이야말로 자연의 걸작이다!'(〈햄릿〉 제2막 제2장 중의 햄릿 대사)처럼 세련된 것이 되었을지도 모른다, 표현하고자 하는 생각을 상투적으로 만들거나, 매력적으로 써 놓은 표현이 터무니없이 과장되게 느껴지는 수많은 무운시를 몰아내면서 말이다. 만약 셸리가 엘리자베스 왕조풍의 작시법으로 그 비현실적인 내용을 쓸 수 없었다면 〈첸치 일족〉(1819)은 더 심각한 드라마가 되었든가, 처음부터 씌어지지 않았든가, 둘 중 하나였을 것이다. 하지만 두 작가는 장식적인 요소와 극적인 요소가 단순히 조화를 이루는 정도가 아니라 다른 식으로는 불가능했을 수준까지 서로를 고양시키는 수많은 구절을 만들어냈다.

음악도 마찬가지다. 모차르트가 그랬던 것처럼 파격적인 재능에 혹독한 훈련까지 받은 음악가가 운 좋게도 몰리에르에 비견되는 극작가이기도 할 경우, 운문적인 노래로 오페라를 써야 한다는 의무는 그를 당혹스럽게 만들기는커녕 그의 수고와 고민을 덜어줄 것이다. 표현해야 하는 극적 분위기가 어떻든지 간에 그는 단세포적인 평범한 극작가가 산문으로 표현하는 것보다 훨씬 더 쉽게 세련된 음악시로 그것을 표현할 수 있을 것이다. 따라서 그 역시 셰익스피어나 셸리처럼 운율적인 멜로디들—모차르트의 '그녀 마음의 평안을 위하여'*나 글룩의 '나의 에우리디케를 돌려주오'*, 베버의 '조용히, 조용히, 아무도 네게 경고하지 않도록!'* 같은—을 자유롭게 놓아두는데 이들로 말하면 〈니벨룽의 반지〉의 자유로운 모티브에 못지않게 철두철미하게 극적이다. 그 결과 음악 교사들은 모든 극음악이 이처럼 두 가지 면을 다 갖추어야 한다고 요구하는데 참으로 터무니없는 요구다. 왜냐하면 대칭적인 음률법은 극음악에는 전혀 도움이 되지 않기 때문이다. 이는 저녁 식사에

---

* 모차르트의 오페라 〈돈 조반니〉 중 돈 오타비오의 아리아
* 오페라 〈오르페우스와 에우리디케〉(1762)에서 오르페우스의 아리아
* 오페라 〈마탄의 사수〉 중 아가테의 아리아

사용되는 포크를 식탁보로도 쓸 수 있도록 만들라는 것과 다르지 않으며 동시에 무식하기 짝이 없는 요구이기도 하다. 왜냐하면 앞에서 말한 것처럼 뛰어난 작곡가라고 해도 언제나 극적 표현을 대칭적 음률과 결합시킬 수 있는 것은 아니기 때문이다. '그녀 마음의 평안을 위하여'와 비슷한 예로, 같은 오페라에 있는 '그녀를 지켜주시오'*나 '매정한 여자라고 하지 마세요'*를 들 수 있다. 너무나 아름다운 도입부의 뒤를 이어 드라마적 관점에서 볼 때 기괴하다고밖에 말할 수 없는 장식적인 악구가 연결되는데, 이는 장식적인 관점에서 봤을 때 〈라인의 황금〉 제1장에서 알베리히가 라인강 바닥의 진흙창에 미끄러지며 재채기를 하는 장면에서 부르는 노래가 괴상한 것과 마찬가지다. 한편 이러한 대칭적인 곡과 곡을 나누는, 형태 없는 '레치타티보 세코(건조한 서창, 18세기에 들어 나타난 속도는 빨라지고 선율은 거의 사라진 서창)'도 고려해야 한다. 만약 이것이 모티브가 되어 연속되는 음악 구조 속으로 들어갔다면 극적이나 음악적으로도 상당한 중요성을 띠었을 것이다.

마지막으로 모차르트 오페라의 가장 극적인 피날레나 합창용으로 편곡된 노래들은 교향곡 악장처럼 대체로 소나타 형식으로 이루어져 있기 때문에 음악적 산문으로 분류되어야 한다. 소나타 형식에서는 반드시 반복과 재현이 이루어지지만, 바그너가 선택한 자유로운 형식은 이런 것을 전혀 개의치 않고 있다. 전반적으로 봤을 때 옛날 오페라 형식

---

* 모차르트의 오페라 〈돈 조반니〉 중 돈 오타비오의 아리아
* 모차르트의 오페라 〈돈 조반니〉 중 돈나 안나의 아리아

이 새로운 것보다 반복이나 인습이 개입할 여지가 많다. 따라서 작곡가의 재능이 빈약하면 빈약할수록 그는 더욱더 18세기 양식에 의존해서 자신의 빈약한 창의력을 보충하려 들 것이 틀림없다.

제11장
19세기

바그너가 태어난 1813년, 음악은 다시 한 번 놀라울 정도로 매혹적이고 황홀한 예술이 되었다. 모차르트의 〈돈 조반니〉를 통해 유럽 음악계는 근대적 오케스트라의 매력에 눈을 뜨고 음악이 극작가의 섬세한 요구를 표현해낼 수 있다는 사실을 깨닫게 되었다.

베토벤은 말주변이 별로 없는 사람이라도 자신처럼 말로는 도저히 표현할 수 없는 마음속에 끓어오르는 시를 교향곡이라는 음악으로 쓸 수 있다는 것을 증명했다. 그러나 모차르트나 베토벤이 자신들의 음악을 이런 식으로 응용하는 방법을 고안한 것은 아니다. 하지만 그들은 그때까지 장식적인 음악 구조의 일개 특징에 불과했던 소리의 극적이고 개성적인 힘 그 자체만으로도 충분히 사람을 매료시킬 수 있다는 점을 처음으로 증명했다.

〈피가로의 결혼〉(1786)과 〈돈 조반니〉의 피날레가 나온 후 근대 음악극의 가능성이 한층 적나라하게 드러났고, 베토벤의 교향곡이 나온 후로는, 말로는 전할 수 없는 시적 감수성도 음악으로는 표현할 수 있다는 것을 알게 되었다. 또한 투박한 즐거움에서 원대한 야망에 이르는 변화무쌍한 감정도 춤곡의 도움 없이 교향곡으로 표현할 수 있다는 것이 분명해졌다. 바흐의 전주곡이나 푸가도 마찬가지일 것이다. 하지만 그의 방법은 그리 만만치 않다. 그의 작품은 음으로 정교하게 엮어놓은 고딕 건축의 아름다운 트레이서리* 같아서 웬만한 재능으로는 따라갈 수 없다. 반면에 베토벤의 기법은 보다 솔직하기 때문에 철저하게 대중적이고 실용적이다. 그렇다면 베토벤은 바흐와 같은 능력이 없었던 것일까? 그렇지 않다.

베토벤도 바흐처럼 소리에서 고딕식의 멜로디를 길게 끌어낼 수 있었고 그 중 몇몇 멜로디에 적당한 화음을 붙여 잘 엮어낼 수도 있었다. 이렇게 되면 작곡가가 일일이 작업하지 않아도 온통 감정으로 넘치는 음악이 저절로 진행되어 나간다. 요즘 비평가들이 놓치기 쉬운 이러한 감정은 우리의 공감에서뿐만 아니라 미묘한 감동을 받고 나온 감탄 속에서도 따뜻하게 우러나오는 것이다. 아울러 종종 듣는 이로 하여금 작곡가가 의도하지도 않은 감동을 그의 의도라고 여기게 만들기도 한다. 마치 어떤 소년이 여성의 아름다움을 보면서 그 속에 친절함과 고상한 지혜가 들어 있겠거니 하고 상상하는 것과 마찬가지이다. 게다가 바흐

---

* 고딕 건축에서 창 윗부분에 있는 여러 가지 곡선 모양의 장식 무늬

는 음악에다 익살스러운 대화를 넣었는데 이는 '수난곡*'의 레치타티보와 똑같은 식이다. 그에게 가능한 레치타티보는 하나밖에 없고, 또 그것이 음악적으로 최고이기 때문이다. 그는 즐거운 기분을 표현하기 위해 미리 정해진 곡을 사용했는데 그것을 가지고 유쾌한 선율과 박자의 화음으로 장식된 아주 훌륭한 대위법적 트레이서리를 만들어낼 수 있었다. 하지만 베토벤은 아름다움이라는 이상에 머리를 숙이지 않았다. 그는 오로지 자신의 감정 표현만을 추구하였다. 그에게 농담은 어디까지나 농담일 뿐이었다. 그러므로 농담이 음악 속에서 재미있게 들린다면 그는 그것으로 만족했다. 모든 음악을 장식적인 대칭성으로 평가하던 낡은 습성이 사라질 때까지, 음악가들은 베토벤의 교향곡에 당혹스러움을 금치 못한 채 그의 완전무결함을 오해하고 또 그가 제정신이 아닌가 노골적으로 의심했다. 하지만 단순히 새롭고 멋진 음의 패턴을 추구하지 않고 자신들의 기분을 표현해줄 음악을 갈망하던 사람들에게 그는 신의 계시를 이룬 존재였다. 왜냐하면 오로지 자기 자신의 감정 표현만을 목표로 했던 그였기에 혁명적인 용기와 솔직함으로 19세기에 떠오르는 세대의 모든 기분을 남들보다 앞서 표현했기 때문이었다.

그 결과는 필연적이었다. 19세기에는 작곡가가 되기 위해서 더이상 양식 설계자로 태어날 필요가 없었다. 대신 극적이고 묘사적인 소리의 힘에 무척 민감한 극작가나 시인이 되어야 했다. 그리하여 문학적이면

---

* ≪신약성서≫ 4복음서에 전해지고 있는 그리스도의 수난에 대한 이야기에 맞추어서 작곡한 음악

서 연극적인 음악가라는 새로운 종족이 출현했고 그 필두인 마이어베어는 아주 특별한 인상을 남겨주었다. 발자크가 자신의 단편 〈강바라〉에서 '귀신 로베르'에 대해 미친 듯이 늘어놓은 묘사, 혹은 엉뚱하게 괴테가 자기도 〈파우스트〉에 곡을 붙일 수 있다고 생각한 점 등은 새로운 극음악이 얼마나 사람들을 매혹시켰으면 탁월한 대작가의 판단력까지 흐리게 했을까를 잘 보여주는 예라 하겠다. 사람들은 마이어베어야말로 베토벤의 후계자라고 말했다(나이 지긋한 파리 사람들은 지금도 그렇게 말한다). 그는 모차르트만큼 완벽한 음악가는 아니었지만 보다 심오한 천재였다. 무엇보다도 그는 독창적이고 대담무쌍하였다. 바그너도 〈위그노교도〉(1836) 제4막 이중창을 듣고 누구 못지않게 격찬하였다.

하지만 이러한 독창성과 심오함은 인상적인 악절들, 특이하면서도 보다 매력적인 리듬과 조바꿈을 효과적으로 활용한 점, 또는 보통과는 다르거나 암시적인 기악 편성을 고안한 것 등에 의해 얻어진 효과인데, 사실은 모두가 얼마 안 되는 재능의 소산이었다. 아울러 장식적인 측면을 보면 바로크 양식의 건축에서 볼 수 있는 현상이 음악에도 똑같이 나타난다. 즉, 기이하고 색다른 장식을 기계적으로 사용해 근본적으로 쇠퇴하고 있는 대상에 활기를 불어넣고자 정열적으로 투쟁하고 있는 것이다. 마이어베어는 교향곡에 어울리는 작곡가가 아니었다. 그는 모티브 시스템을 자신의 '인상적인 악구'에 적용시키는 데 실패하고 결국 예전 스타일의 음률 패턴에 의지해야만 했다. 그런데 '완전무결한 음악가'가 아니었기에 그의 양식은 단순한 무용곡의 멜로디 이상을 벗어나지 못했다. 이것은 대체로 평범하기 짝이 없으나 로코코 양식*으로 인해 딱딱한 면이 두드러지는데 그 진기함이란 것도 따지고 보면 무감각에서 비롯된 것이다. 결국 그는 흠 잡을 데 없는 음악극도 매력적인 오페라도 만들지 못했다. 하지만 이러한 부족함이나 더 큰 결점에도 불구하고 마이어베어에게는 어느 정도 극적인 활기와 정열이 있었다. 그 바람에 극음악의 신기함에 열광하던 당대의 다른 작곡가들이 종종 마이어베어를 터무니없이 과대평가하는 지경에 이르기도 하였다. 여기에 맞서 바그너는 오랫동안 마이어베어에 대한 비판 운동을 펼쳤다. 하지만 1860년대 사람들은 이러한 바그너의 비판을 실망한 라이벌의 직업적 질투심으로 여겼다. 물론 요즘 젊은 사람들은 마이어베어의 영향을 그렇게 심각하게 받아들인 사람이 있었다는 사실 자체를 이해하기 힘들 것이다. 그가 50년 전에 〈위그노교도〉나 〈예언자〉(1849)로 얼마나 명성이 자자했는지를 기억하는 몇몇 사람들과 그가 개척한 길이 사실은 막다른 골목으로 드러났다는 사실을 깨달은 사람이라면 바그너의 공격이 얼마나 당연하고 사심 없는 것인가를 알 것이다.

바그너는 탁월한 문학적 음악가였다. 그는 모차르트나 베토벤처럼 극이나 시의 주제와는 독립적으로 장식적인 선율을 구축하지 못했다. 왜냐하면 그런 기술은 자신의 목적에 불필요하다고 여겨서 애초부터 배울 생각도 안 했기 때문이다. 테니슨과 비교해서 셰익스피어에게 타

---

* 18세기 초엽부터 후반에 걸쳐 프랑스를 중심으로 일어났던 음악 형식의 하나. 당시의 화려한 궁정생활을 반영한 것으로서, 프랑스 예술의 일반적인 특징으로 알려진 명쾌, 섬세, 우아를 특색으로 하지만 대체로 깊이가 없다

의 추종을 불허하는 연극적 재능이 있는 것처럼, 멘델스존과 비교했을 때의 바그너가 딱 그렇다. 그는 음악에 붙일 '대본'을 위해 삼류 문학가를 찾지도 않았다. 자신이 직접 대본을 썼기 때문에 오페라에 극적 완결성을 줄 수 있었고, 교향곡이 말을 하듯 분명하게 표현해낼 수 있었다. 베토벤의 교향곡(제9번의 말이 나오는 부분은 제외하고)은 숭고한 감정을 표현하지만 사상은 표현하지 않는다. 분위기는 드러나나 관념은 없다. 반면에 바그너는 사상을 가미해서 음악극을 창조했다. 모차르트의 가장 훌륭한 오페라, 예컨대 모차르트판 〈니벨룽의 반지〉인 〈마술 피리〉(1791) 대본은 사실 모차르트의 재능에 한참 미치지 못하는 작자의 작품이다. 〈라인의 황금〉과 마찬가지로 그것 또한 그저 유치한 크리스마스용 활극으로 여기는 수준 낮은 관객들에게는 그리 나쁜 것같이 보이지 않겠지만……. 〈돈 조반니〉 대본은 조잡하고 경박하다. 그러므로 이것이 모차르트의 음악에 의해 변형된 모습은 하나의 기적이다. 하지만 아무리 매혹적으로 변형되었다고 해도 이러한 변형이 음악적 재능과 시적 재능을 비슷하게 갖춘 사람이 만든 가곡이나 음악극처럼 만족스럽다고는 말할 수 없을 것이다. 바로 여기에 극음악가로서의 바그너의 탁월함이 숨어 있다. 그는 자신이 '무대 축제극'이라 부르는 작품을 위해 혼자서 작곡, 작사를 다해냈다.

어느 시점에 이르기까지 바그너는 하나가 아니라 두 장르 모두에 손을 댄 대가를 톡톡히 치렀다. 모차르트는 오로지 음악 분야에만 열심히 수련을 쌓아 스무 살에 이미 완전한 음악가로 직업을 굳힌 데 반해, 바그녀는 서른다섯 살이 되었어도 모차르트만큼 숙달될 수 없었다. 스스로도 인정했듯이 그는 모차르트가 세상을 떠나서야 비로소 자연스럽게 우러나오는 음악적 표현이 가능해졌다. 그런데 이는 작곡 기법상의 어려움에 대한 모든 선입관에서 완전히 벗어났을 때에야 도달할 수 있는 경지라 하겠다. 하지만 일단 그 경지에 도달하자 그는 모차르트처럼 원숙한 음악가는 물론, 극작가이자 비평과 철학에 관한 논객이 되어 19세기에 상당한 영향을 미쳤다. 바그너가 음악을 자유자재로 조종할 수 있는 데다가 나아가 감상적인 드라마의 성공으로 이미 이름을 날린 데 더해 밝고 쾌활한 희극도 쓸 수 있다는 사실이야말로 그의 원숙한 경지를 가늠할 수 있는 증거라 하겠다. 더구나 희극으로 말하면 몰리에르나 모차르트와 같은 출중한 거장들이 비극작가나 감상주의자에 비해 숫자상으로 훨씬 적은 실정이다. 〈지크프리트〉 제1, 2막과 〈뉘른베르크의 명가수〉는 바그너가 이러한 영역에 도달했을 때 씌어진 작품이다. 그 중 〈뉘른베르크의 명가수〉는 공공연한 희극 작품으로, 모차르트 스타일의 멜로디로 가득 차 있는 까닭에, 관객을 긴장시키는 〈탄호이저〉를 쓴 사람의 작품이라고는 도저히 생각하기 어렵다. 두 가지 일이 아무리 밀접하게 결합되어 있다 하더라도, 어떤 한 가지 일을 하면서 다른 것을 배우기란 쉽지 않은데도 바그너는 여전히 시와 무관한 독립적인 음악을 쓰지 않았다. 〈뉘른베르크의 명가수〉 전주곡은 이것이 무엇을 표현하는지 다 알고 있는 사람에게는 즐거운 곡이다. 하지만 아무런 사전 지식 없이 그저 연주회용 음악으로 듣거나 거기에 나오는 막무가내식 대위법을 바흐나 〈마술피리〉 서곡 기준으로 판단하는 사람이라면 이 곡이 예전 스타일에 익숙한 음악가들에게 얼마나 끔찍하게 들릴 것인지 충분히 이해하고도 남을 것이다. 내가 이 곡을 처음 들은 건 바흐의 'b단조 미사'를 들은 직후였다. 바흐의 명징한 폴리포니(다성음악)가 아직도 귓가에 생생하게 맴돌고 있던 차였다. 오케스트라가 조화를 이루지 못하고 있었고 일부 연주자는 반 마디 정도 늦게 따라가고 있는 것 같았다. 정말 그랬을지도 모를 일이다. 그런데 이제 〈뉘른베르크의 명가수〉에도, 바그너의 화성법에도 익숙해졌는데도 불구하고 바그너의 곡이 아주 정확하게 연주되고 있을 때조차, 바흐를 숭배하는 내 귀에는 여전히 이상하게 들리는 부분이 있다는 점을 인정하지 않을 수 없다.

제12장

미래의 음악

바그너의 성공이 너무도 엄청난 것이어서 이에 현혹된 그의 사도들이 그가 '절대 음악'이라고 부르던 시대는 이제 끝나야 하고, 음악의 미래는 오로지 바이로이트에서 시작된 바그너풍 음악에 달려 있게 되리라고 생각하는 것 같다. 하지만 위대한 천재들은 늘 이런 종류의 환상을 불러일으킨다. 바그너는 어떤 사조(思潮)를 만들어낸 것이 아니라 기존의 사조를 완성시켰다. 모차르트가 18세기 음악의 정점(구노가 쓴 말이다)에 있었던 것과 마찬가지로 바그너는 19세기 극음악의 정점에 있었던 것이다.* 바이로이트의 전통을 지키고자 하는 사람들은 백 년 전에 모차르트의 아류가 걸었던 망각의 운명을 경험하게 될 것이 확실하다. 예상되는 '절대음악'의 교체에 대해 말하자면, 유럽에서 바그너

---

* 프랑스의 작곡가 구노의 말

의 뒤를 잇는 작곡가로 꼽을 수 있는 사람이 브람스, 엘가, 리하르트 슈트라우스였다. 브람스의 명성은 오로지 '절대음악'에만 의존했다. 그의 '독일 레퀴엠'(1868)* 등의 작품들은 음악적으로 무척 재미있는 것으로 여겨져 사랑받고 있으나, 이들을 아주 진지하게 들을 것 같으면 참을 수 없을 정도로 따분한 것이 되고 만다. 한편 엘가는 베토벤과 슈만의 뒤를 이었던 작곡가로 그가 본질적인 면에서 바그너 덕을 본 것은 하나도 없다. 그는 두 편의 교향곡과 '수수께끼 변주곡'(1899)*으로 음악의 전당에 자리를 잡았는데, 이 작품들은 어떤 현대 음악에도 뒤지지 않을 만큼 절대적인 음악이다. 또한 슈트라우스는 바그너가 끌어올린 음악 극장의 수준을 유지할 수 있는 작품을 만들었다고는 하나, 그가 내디딘 새로운 길은 음악극, 희극적 서사극, 영적 자서전의 형태로 오케스트라만 제외하고는 무대, 가수를 비롯해 바이로이트 극장의 모든 구성 요소를 내다버리고 기악만으로 효과를 내는 방법이었다. 심지어 베토벤이 새롭게 도입한 '제9번 교향곡'의 합창 부분조차 버려질 수밖에 없었다. 엘가가 셰익스피어의 〈헨리 4세〉를 가지고 팔스타프를 주역으로 작곡했을 때(1913)도 똑같은 일이 일어났다*. 그는 오케스트라에 모든 것을 맡겼다. 그리고 이것이 대성공을 거두어 그 누구도 이것을 오페라로 했다면 어떤 결과가 나왔을까에 대해 감히 생각할 수 없었다.

바그너 이후에 유행한 러시아 작곡가들은 조금도 바그너적이지 않았

---

* 루터가 독일어로 번역한 1537년 판 성서에서 취한 독일어 가사로 된 레퀴엠. 가톨릭의 미사용 음악이 아닌 연주회용 음악이라는 점에서 다른 레퀴엠과는 다르다
* 엘가가 자신의 친구 14명의 특징을 14개의 변주곡으로 나타낸 연주곡
* 엘가의 교향적 연습곡 '팔스타프'

다. 그들은 낭만파 음악, 베버나 마이어베어, 베를리오즈나 리스트 등의 영향을 받고 발전했는데, 만일 바그너가 그들 예술의 중요성을 선전해준 것만 빼면 그가 없었다 하더라도 똑같은 길을 걸었을 것이다. 그들이 바그너를 경시하는 태도는 쇼팽이 베토벤을 경시했던 경우를 닮았는데, 기법 면에서조차 바그너에게서 도망치려 했던 것도 상당히 비슷하다. 이러한 태도는 선배 작곡가의 후반기와 자신의 전반기가 겹치는 작곡가들에게 공통적으로 보이는 현상이다. 영국의 경우 엘가보다는 밑이고 백스나 아일랜드보다는 윗세대에 해당하는 작곡가들은 젊었을 때 바그너의 영향을 흠뻑 받았다. 반톡과 보우튼*으로 대표되는 이들은 용감하게 〈트리스탄과 이졸데〉풍, 〈신들의 황혼〉풍으로 작곡을 시작했다. 하지만 자신의 스타일을 발견하자마자 바그너적 성향은 사라지고 말았다. 그보다 젊은 작곡가들의 출발점은 바그너가 아니었고, 슈트라우스는 더더욱 아니었다. 그들 대부분은 한동안 절대음악을 한 다음 그들 자신만의 진지한 스타일을 찾았다. 바그너의 전통이 조금이나마 도움이 되었다면 그것은 장식적 패턴에 따른 음악과 극음악의 혼동에 종지부를 찍은 것이라 하겠다. 이 혼동 때문에 마이어베어의 머릿속이 엉망진창이 되었었고, 헨델이나 모차르트의 오페라 주인공들이 어설픈 꼴로 다시 등장해야만 했었다. 절대음악에서조차 바그너 이후의 소나타형식은 전처럼 기계적이거나 생각 없는 것은 아니었던 까닭

---

* Rutland Boughton, 1878~1960, 바그너가 창시한 음악극 이론을 지지한 영국의 오페라 작곡가. 바이로이트를 모방한 음악제를 글래스턴베리에서 열어 아서왕 전설을 테마로 한 연작 오페라를 기획.

에 이 형식이 지금까지 남아 있다는 사실은 굳이 말할 가치조차 없을 것이다.

이 책을 쓴 것은 이러한 발전이 일어날 기미도 없을 때였다. 이 책의 초판에서 나는 예전에 헨델을 위대한 오라토리오* 악파의 원조로 보고자 했던 시도가 불가능했던 것처럼 음악극에서 바그너를 능가하려는 시도도 불가능하다고 말했었다. 지금은 이 말이 너무도 정곡을 찔러 젊은 독자들은 왜 이런 말을 하는지 이상하게 생각할 지도 모른다. 하지만 나이 든 경험자들이 이런 옛날이야기에라도 심취하지 않으면 음악의 역사는 이어져 내려오지 못할 터인즉.

* 성담곡. 종교적 제재에 의거한 대규모의 서사적 악곡

제13장
바이로이트

마침내 바이로이트 축제극장이 완성되어 1876년에 〈니벨룽의 반지〉 초연으로 문을 열었을 때 유럽 사람들은 바그너가 '성공한 사람'이 되었다는 사실을 인정해야만 했다. 그의 음악을 몹시 혐오했던 왕실 귀족도 왕족용으로 마련된 칸막이 좌석에 줄지어 앉아 공연을 관람했다. 그리고는 모든 난관을 극복하고 일반 국민들로부터 한 사람당 1파운드씩 후원금을 받아 얼토당토않은 꿈 같은 프로젝트를 구체적인 영리 사업으로 실현시킨 경이로운 '추진력'에 대해서도 입을 모아 칭찬했다. 하지만 바그너에게 바이로이트에서의 실험이 실패했다는 사실을 깨닫게 해준 것은 다름 아닌 이들의 찬사였다. 즉, 극장 경영에 따르는 통상적인 사회적, 상업적 조건을 벗어나 보려던 시도가 실패한 것이다. 이에 대한 바그너 자신의 설명이 눈앞의 현실과 그렇게 우스꽝스럽지 않았더라면 더 나을 뻔했던 자신의 원래 의도와 얼마나 다른지 잘 보여준다. 경박한 대중이 아니라 전유럽의 바그너협회를 통해 단결되어 있는 진지한 사도들 손에 좌석표를 쥐어주려 했던 사전 조처는 결국 암표상이 표를 매점해서 세계를 여행하며 떠돌아다니는 한량 나부랭이 같은 사람들에게 팔아치우는 것으로 끝을 보았다. 사실 원래 그들에게는 신전 문을 굳게 닫아 걸어놓기로 되어 있었는데 말이다. 이리하여 충성스러운 지지자로부터 기부받기로 했던 자금은 결국 극장 예약권을 구하려고 몰려든 정력적인 부인들의 돈으로 충당하였는데 이렇게 몰려든 부인들치고 작곡가의 의도를 터무니없이 오해하지 않은 사람은 없었다. 그들 중에는 이집트 부왕이나 터키의 술탄도 있었다!

그 이후로 바뀐 것이라고는 더이상 기부금 제도가 필요 없게 되었다는 점이다. 왜냐하면 이제 축제극장은 수지를 맞출 수 있게 되었고 상업적으로도 다른 극장들과 동등한 위치에 섰기 때문이다. 방문 자격이라면 오로지 돈이었다. 런던 사람은 20파운드, 바이로이트에 사는 사람은 1파운드가 들었다. 어쨌든 1849년에 바그너가 분연히 일어서 지키고자 했던 민중은 완전히 소외당했다. 따라서 이 축제극장은 그 성격상 런던 교외에 있는 햄튼 코트 궁전보다도 훨씬 더 바그너적이지 못한 곳으로 분류되어야 하리라. 이를 가장 뼈저리게 느낀 사람이 바로 바그너였다. 따라서 바이로이트가 파리나 런던의 그랜드오페라 하우스에 비해 근대 문명의 굴레에서 성공적으로 벗어났다는 듯이 주절거리는 것만큼 허튼소리도 없다.

하지만 이런 가운데에서도 바이로이트는 독일의 훌륭한 관례, 즉 여름 극장이라는 제도를 새로이 형성해놓았다. 종래의 오페라 하우스는 잔뜩 차려입고 나타난 관객들의 행렬을 보고 극장 감독이 기뻐할 수 있는 구조였지만, 바이로이트 극장은 아무런 장애물 없이 무대를 보고 아무런 방해도 받지 않고 음악을 들을 수 있게 설계되었다. 다시 말해 바이로이트 극장은 연극적인 목표야말로 작품 공연의 유일한 목표라는 생각이 무척 진지하게 반영된 극장이다.

극장 경영자는 바그너의 명성을 시샘하였다. 지금은 단순한 해외 관광객이 성실한 애호가들을 내쫓는 일도 없고, 관객들은 바그너가 바랐을 법할 정도로 음악에 완전히 몰두하고 있다. 이렇게 되자 유행만 따르던 사람들은 당황스럽고 따분한 생각에 스포츠맨과 함께 휴가를 떠나버렸다. 지금이야말로 작품에 딱 알맞은 극장 분위기다. 게다가 일반 대중들이 최고급 여름 극장을 원하고 있음도 분명하다. 그러므로 영국에서도 이러한 실험을 시도하지 못할 이유가 없다. 엉터리 합창이 우스꽝스러울 만큼 따분하고 한심하고 반(反) 헨델적이기는 하지만, 그래도 헨델에 열광하는 영국인이 헨델 페스티벌을 지원해줄 수 있고, 다른 지방에서도 이와 비슷한 음악제가 매년 열리고 있다면 바그너 축제가 실패할 것 같지는 않다. 예를 들어 마게이트 방파제라고는 말할 수 없어도 햄튼 코트 궁전이나 리치몬드 공원에 바그너 전용 극장을 세워서 바이로이트 식으로 즐거운 여름밤을 보내고 막간에 해 지는 공원이나 강가를 산책할 수 있도록 한다고 가정해보자. 과연 정말로 관객이 없을 거라고 생각하는가? 바이로이트 음악제같이 매년 짧은 기간 동안 열리는 행사를 위해 호화로운 관람석이나 에펠탑, 혹은 볼썽사나운 임해(臨海) 공회당을 세우느라고 낭비하는 돈을 차라리 이런 식으로 사용한다면 수입도 훨씬 짭짤하고 사회적으로도 대단히 유익할 것이다. 바이로이트에 열광한다는 영국인들로부터 '영국에도 축제극장을!' 이라는 아우성이 들려오지 않는다면 이는 그들이 단순한 순례광에 지나지 않는다는 말밖에 되지 않는다.

바이로이트에 가는 사람들은 거기에 간 것을 절대로 후회하지 않는다. 초기에 종종 엉터리 공연이 있었음에도 불구하고……. 노래로 말하면 때로는 참고 들어줄 만하지만 이따금 도저히 참아줄 수 없는 경우도 있다. 어떤 가수는 그저 움직이는 맥주통으로, 곡예사나 경마 기수, 권투 선수들이 당연시하는 자기 통제나 신체 단련을 전혀 하지 않은 게으른 거드름쟁이였다. 여자들의 의상 또한 지나치게 얌전하고 우스꽝스럽다. 분명 얼마 전부터 〈파르지팔〉에 나오는 쿤드리는 주름이 잔뜩 잡힌 빅토리아 왕조 초기의 무도회 드레스 같은 의상은 입지 않게 되었고, 프라이아는 보티첼리의 유명한 그림에 나올 법한 봄꽃 무늬 가운을 요즘에 맞게 독특하게 개조한 가운을 입고 나온다. 하지만 쇠미늘갑옷을 입은 브륀힐데는 하얀색의 긴 스커트 밖으로 다리가 드러나지 않도록 조심하면서 바위산을 오르고 있는데 그 모습이 마치 미네르바를 연기하는 레오 헌터 여사와 너무도 닮아서 그런 그녀를 보고 있노라면 약간의 환상조차 품을 수 없을 지경이다. 바이로이트가 지향하는 이상적인 여성미는 영국인이 보기에 금발 유행이 최고조에 달하던 1870년대의 술집 여급을 연상시키는 것이다. 게다가 바그너의 무대 지시는 코번트 가든 오페라 하우스에서 그랬던 것처럼 바이로이트에서도 이해하기힘들다는 이유로 종종 무시당했다. 그런데 지극히 케케묵은 전통—한편으로는 화려하고 과장적이나 또 한편으로는 역사적 화보(畵報) 같은 거동이나 표정 등—은 여전히 남아 있다. 드라마에서 가장 인상적인 순간을 일련의 살아 움직이는 장면들이 아니라 모델이 포즈를 잡고 있는 듯 활인화*로 표현한 장면이다.

남을 쉽게 잘 믿는 순례자들은 바그너의 미망인 코지마에게 불가사의한 힘이 있다고 믿는 듯한데, 그런 것이 존재하지 않는다고 굳이 말할 필요는 없으리라. 프리마돈나나 테너를 다루기 어려운 것은 바이로이트도 다른 오페라 하우스나 마찬가지다. 또 바이로이트에서도 배역은 자주 바뀌고 무대 장치 리허설도 불충분하다. 관객들이 스물다섯 먹은 지크프리트나 브륀힐데를 보려고 아무리 기를 써도, 결국 오십은 족히 먹은 가수들의 노래를 들어야 하는 것, 또한 다른 오페라 하우스와 같다. 때로는 지휘자까지도 종종 예정을 뒤엎는 경우가 있다. 그 반면에 시즌 대표 작품 공연을 위해 철저하게 준비하는 점, 예술성을 위해 열정적으로 노력하고 있다는 우쭐한 자부심, 그리고 하고자 하는 작품이 어떤 대가를 치르고서라도 공연할 가치가 있다는 경건한 신념 등에

---

* 사람을 그림 속 인물과 같이 분장, 배치하여 역사나 문학의 한 장면 또는 명화 등을 무언, 정지 상태에서 연출하는 일

대해서는 항상 믿어도 좋다. 그리고 그런 점들 덕으로 바이로이트 공연은 높이 평가받아 마땅하리라. 바이로이트는 전세계적으로 오페라 공연 수준을 한 차원 높였다. 좀처럼 경박한 유행을 떨쳐내지 못하는 핵심적인 오페라 하우스들까지도…….

영국의 바이로이트

이제까지 의도적으로 바이로이트의 결점을 길게 논한 이유는 영국에서도 그에 못지않은, 아니 그 이상으로 훌륭한 〈니벨룽의 반지〉를 상연하지 못할 이유가 없다는 것을 보여 주기 위해서였다. 이제는 바그너의 악보들이 공공연하게 돌아다닌다. 또한 바그너의 미망인이나 그의 아들도 감히 바그너 작품을 공연하려는 열정에 휩싸인 예술가들보다 자신들이 더 큰 권위를 가지고 그것들을 다룰 수 있다고 나서지는 못할 것이다. 바그너가 바이로이트의 전통을 확립한 사람들을 어떻게 생각했는지는 아무도 모른다. 물론 그가 그들을 비평할 만한 입장도 아니었다. 만약 루비니가 나중까지 오래 살아서 지크문트 역을 맡았더라면 예전에 바그너가 파리에서 쓴 돈 오타비오에서와 같은 유쾌하고 생생한 묘사가 그의 펜에서 흘러나오지 않았을 것이 틀림없다. 1876년 당시 자기 작품에 출연한 가수들에게 많은 덕을 입은 바그너는 당연히 그들의 성과에 대해 나쁘게 말하지 않았다. 그렇다고 해서 바그너가 슈노어의 트리스탄이나 슈뢰더의 피델리오(베토벤의 유일한 오페라 주인공) 배역에 감동한 것처럼, 그들 전원 혹은 누군가에게라도 만족했다고 믿을 만한 근거는 없다. 그런데 다음번 슈노어와 슈뢰더가 영국에서 나올 것처럼 보였다. 그렇게 되면 그들에게는 자기 자신의 재능과 그들을 안내해줄 바그너 악보 이외에는 아무것도 필요 없을 것이다. 자연스럽게 우러나오는 그들의 감정이 바이로이트의 무대 전통에 오염되지 않으면 않을수록 더 나을 테니까. 하지만 요즘에는 이런 모든 이야기들도 다 쓸데없는 것이 되고 말았다. 진작부터 영국과 미국 출신 가수들이 장족의 발전을 보이면서 바이로이트 고참들을 제치고 나섰으니 말이다.

바그너 전문 가수

바그너 가수라는 종족을 만들어내기 어려운 나라란 딱히 없다. 헨델 하나만 제외하면 가수를 목소리 선수로 만들기 위해 바그너만큼 철저하게 계획적으로 작곡한 작곡가는 없었다. 바그너 생전에 독일 가수들의 노래 실력은 정말 형편없었는데, 그런 그들이 바그너 작품에 출연해서 눈에 보일 정도로 성숙했다는 것이 참으로 놀랍다. 바그너의 이런 비결은 헨델의 비결과 같다. 베르디나 구노처럼 특별히 고음의 소프라노나 야단스러운 테너, 실제 음역이 한창 최고 상태일 때의 고작 5분의 1에 불과한 하이 바리톤, 뮤직 홀 가수처럼 가슴에서 나오는 음역 전체를 다 활용해야 하는 콘트랄토*에 맞추어 노래 파트를 쓰지 않는다. 대신 사람의 음역 전체를 자유롭게 사용하면서 누구에게나 실제로 2옥타

* 여성 최저음

브 정도의 소리를 내도록 요구한다. 목소리를 완전히 제대로 훈련시켜서 한 부분의 목소리가 연속적으로 기운차게 다른 쪽 목소리를 끌어낼 수 있게 하려는 것이다. 그리고 가능한 한 최고 음역의 사용은 자제하는 대신 기악 반주를 신중하게 배치했다. 그의 목소리가 천둥소리처럼 울리는 오케스트라를 압도하는 것처럼 보일 때에도 스코어를 한번 훑어보면 가수의 목소리가 잘 들리게끔 되어 있다는 것을 알 수 있다. 그런데 그것이 가수의 성량이 풍부해서가 아니라 바그너가, 오케스트라가 그를 압도하지 않도록 세심하게 배려하는 한편 그의 목소리가 잘 들리도록 작곡했기 때문이라는 것도 알게 될 것이다. 로시니의 〈스타바트 마테르〉(1842)나 베르디의 〈일 트로바토레〉(1853)에서 볼 수 있는 옛날 이탈리아식 반주는 현악기가 딩딩 울리는 위에 전체 관악기가 점점 더 세게 연주하는 가운데 운수 사나운 가수가 노래를 부르는 방식으로 진행되는데, 실제로 연주할 때에는 악보에 나타나 있는 것만큼 그렇게 가수의 목소리가 잘 안 들리지는 않는다.

하지만 바그너의 작품에서는 절대로 그런 방식을 찾아볼 수 없다. 오케스트라가 무대 위의 가수와 관객 사이를 가로막는 일반 오페라 하우스에서조차 그의 기악 편성은 가수의 목소리가 잘 들리도록 되어 있는데 이에 대해서는 모차르트 이래 어떤 작곡가도 그를 따라올 수 없었다. 금관 악기가 무대 아래쪽에 위치한 바이로이트 축제극장이야말로 완벽한 것이었다.

따라서 어떤 면에서 보더라도 바그너 극장을 세워 바그너 음악제를 여는 것은 좀더 오래되고 부자연스러운 극음악들을 공연하는 것보다 훨씬 실용적이라고 할 수 있다. 사람들 앞에 내놓을 만한 〈니벨룽의 반지〉를 공연하는 것은 마치 철도를 놓는 일처럼 거창한 사업임에 틀림없다. 즉 수많은 작업과 고도의 전문 기술이 필요할 것이다.

하지만 예전 오페라나 오라토리오에서도 그러했듯이, 전유럽을 다 뒤져도 몇 안 되는 뛰어난 목소리의 가수를 필요로 하지는 않는다. 로시니의 오페라 〈세미라미데〉(1823)의 세미라미스, 아수르, 아르사케스 역을 소화하지 못하는 가수라도 브륀힐데, 보탄, 에르다 역은 한 음도 틀리지 않고 부를 수 있다. 교회의 예배용 음악과 코번트 가든 오페라 하우스에서 상연하는 이탈리아 오페라와의 차이를 잠시만 생각한다면 영국인 누구라도 이 점을 쉽게 이해할 수 있을 것이다. 예배용 음악은 오페라보다 훨씬 심오하고 진지하지만, 근면함과 헌신하는 마음만 가지고 있으면 지역 음악가만으로도 충분하다. 비록 코번트 가든 오페라 하우스에서조차 마테오 마리오와 장 드 레스크 사이의 긴 공백 기간 동안 뚱뚱한 기병대원이나 수위 등이 기술도, 양식도 모르면서 단순히 유행을 타고 테너 주인공이 되는 것을 봐 오기는 했지만 그래도 유럽의 출중한 가수들이 오페라 하우스에 필요불가결하다는 점은 인정하기로 하자.

하지만 20세기의 가장 탁월한 오페라 가수인 샬리아핀과 블라디미르 로징, 이 두 사람은 대도시적인 작위성과는 거리가 멀었다. 그리고 바이로이트도 파르지팔 역에 농민 출신을 기용하거나 바이에른 알프스

촌구석의 예술가들도 훌륭하면서도 정교한 수난극을 상연할 수 있다는 점을 떠올려보자. 아울러 바그너 애호가들이 바그너 음악제를 관람하기 위해 유럽 한복판으로 여행해야 할 만큼 영국에 재능 있는 가수가 없는지도 생각해봐야 할 것이다.

바그너가 빠진 바그너주의

내가 전에 했던, 리치몬드 힐에 축제극장을 세우자는 제안이 재능 있는 영국 음악가를 구할 수 있다는 점에서는 충분히 실현 가능한 것으로 증명되었음에도, 내가 아는 한 영국에 바이로이트 축제극장을 만들려는 진지한 시도는 딱 한 번밖에 없었다. 그나마 그것도 바그너와는 전혀 상관없이 초기 고전주의적인 글룩의 작품과 더불어 영국 작곡가의 음악에 힘입어 성공하였다.

바그너의 영향력이 최고조였던 때작곡가로서 첫발을 내디뎠던 보우튼이 바그너가 튀빙겐에서 거둔 성공을 영국 남서부에 있는 서머셋에서 재현하려 했다. 단, 자금 조달 문제에 있어 바그너 뒤에는 바이에른 왕이 있었지만, 보우튼에게는 아무도 없었다. 그는 글래스턴베리*를 자신의 바이로이트로 정하고 매년 축제를 개최하였는데 이미 눈부신

성과를 올리고 있다. 하지만 이 기획의 가장 힘든 점은 어떻게 유지를 계속해나가느냐 하는 문제다. 만약 보우튼이 바그너처럼 파리나 베를린, 런던의 큰 오페라 하우스 같은 규모로 진행하려고 했다면 그는 자신을 도와줄 왕이 나타나기를 마냥 기다려야 했을 것이다. 다시 말해 영원히 기다리다 말았을 것이라는 뜻이다.

바그너는 드레스덴 궁정 오페라 하우스의 숙달된 지휘자였다. 그는 오페라 작곡가로 출세하려면 파리의 오페라 하우스에서 마이어베어 정도의 성공을 거두는 길밖에 없다고 믿었지만, 한편으로 음악은 상업적으로 굉장한 성공을 거둔 전문가 집단에 의해서가 아니라 시골집 아마추어의 피아노 연주 속에서 계속 이어져내려온 것이라는 주장을 쓴 사람이기도 했다. 다행히 보우튼은 이 말을 기억하고 있었다. 그는 서머셋 마을의 평범한 공회당에서 자신의 손가락과 피아노를 오케스트라 삼아, 그의 아내는 무대 미술 장치 및 의상 관계자가 되어 일을 벌였다. 노래와 연기는 마을 사람들이나 혹은 누구든 하고자 하는 사람들이 맡았는데, 놀랍게도 상당한 실력자들이 많이 등장했다. 이런 상황에서 열린 공연은 분위기나 관심도 면에서 볼 때 거들먹거리는 바이로이트 축제극장이나 이를 모방한 뮌헨의 오페라 하우스보다 훨씬 성공적이었다. 우호적인 회원들의 기부금은 보우튼이 매번 음악제를 치르는 6개월 남짓 동안 버티기에도 충분하지 않았지만, 그래도 남은 반년 동안 다음 재정 파탄에 대비할 만큼은 되었다. 음악제가 널리 알려짐에 따라 손실이 점점 줄어드는 것도 큰 위로가 되었다. 매년 이 행사가 열리는 곳은

예전에 섬이었던 아발론이나 지금은 평지의 도시가 된 글래스턴베리*
인데 그곳을 성지로 만드는 유서 깊은 장소가 되었다. 어느 마을에도
바그너의 오페라를 공연할 수 있을 만한 극장이나, 조명, 편의 시설이
없었다. 그래도 바그너주의자의 꿈이 영국에서 가장 멋지게 실현된 곳
이 바로 이곳이다.

그 꿈을 제대로 해석하자면 영국이 바그너의 음악 공연 방식을 바이
로이트에서 수입, 모방해야 한다는 뜻이 아니다. 영국의 음악과 연극을
만들어 영국인 자신의 방법으로 공연해야 한다는 말이다. 바로 이런 이
유 때문에 보우튼은 바그너의 작품을 하나도 공연하지 않았고 학구적
인 이유로 글룩의 오페라를 한두 번 공연한 것을 제외하면, 자신이 직
접 쓴 작품을 다른 영국 작품과 함께 영국식으로 공연해왔다. 보우튼이
야말로 이상적인 바그너주의자라고 부를 수 있다.

이외에도 내가 모르는 비슷한 시도가 있었을지도 모른다. 20세기 들
어 중요한 사회적 진보가 이루어짐에 따라 돈만 많이 들고 따분하기 짝
이 없던 영국의 휴가가 심신을 재충전하는 것으로 변화하였다. 서머스
쿨이라는 이름 아래 사회학, 신지학, 과학, 역사학 등 예술에 관심이 있
는 학생들이 자발적으로 만든 조직이 매년 가을이면 멋진 시골에 출몰
하고 있다. 인생 전체나 혹은 일부라도 진지하게 받아들이는 사람들은
춤추고 노래하는 막간에 순수한 즐거움을 위해 머리를 써서 무언가를

---

* 아서왕 전설에 의하면 글래스턴베리는 아서왕이 세상을 떠나 향한 섬 아발론으로, 아서왕의 궁정에 기
사가 모였다는 원탁이 지금도 남아 있음. 또 성배를 손에 넣은 아리마태의 요셉이 이 땅에 교회를 설립
했다고도 전해짐

배우지 않으면 행복을 느낄 수 없는 사람들이라고 해도 과언이 아니다. 이처럼 서머스쿨은 모든 사람에게 열려 있다. 여기에서는 자신을 선전하기 위해 유명 인사들이 와서 하는 강연을 가까이에서 보고들을 수 있는데 그들이 훨씬 더 유쾌하고 상냥하며 출연료도 상당히 싸게 먹힌다. 반면 이른바 고급 리조트에 출연하는 음악가들은 얼마나 쌀쌀맞고 비싸던가! 그들은 과로로 신경질적이 되어버린 연예인으로, 잘 속아 넘어가는 영국인에게서 돈을 뜯어낸다. 하지만 정작 돈을 뜯겨가며 홀대받은 영국인은 자신들이 즐거운 휴가를 보냈다고 믿어 의심치 않는다. 어쨌든 이제까지는 서머스쿨에 영국학술협회의 모임 같은 연장자들 모임이 공식적으로 하나둘 있으면서 아무런 활동을 하지 않은 채 지긋한 연배의 강사들이 각자 다른 방에서 동시에 강연을 하고 있었지만, 지금은 규모는 작지만 젊고 활기 넘치는 모임이 여남은 가지 넘게 열리고 있다. 그리고 거기에서 다루어지는 주제가 무엇이든 간에 항상 어떤 형태로든 예술이 거기에 포함되어 있다.

나는 젊었을 때 예술 비평으로 생계를 꾸려왔기 때문에 직업적, 영리적으로 조직된 예술을 일반인보다 많이 접해왔다. 그런데 그런 것들보다는 이러한 자발적인 모임이나 기획에서 내가 어렸을 때 느꼈던 음악이나 연극의 매력 등을 다시 한 번 느낄 수 있다. 그것은 상업적 조건 하에서는 절대로 불가능한 일이다. 예술에 상업이 끼어들면 터무니없는 실패나 실수 등 그다지 중요하지 않은 일은 피할 수 있다. 하지만 정말 중요한 일들은 거의 달성하기가 어렵다. 예외가 있다면 그것은 상업성이 어떤 예술가 개인—상업성 때문에 무척이나 시달렸던 바그너 같은 사람들 말이다—에게 어쩔 수 없이 무릎을 꿇었을 때에 한한다.

아마추어 예술이 혹평받아야 하는 경우란 그것이 무턱대고 상업적 예술을 흉내냈을 때에 한해서이다. 극장이나 오페라 하우스에 가서 전문 예술가가 만든 작품을 보고 흥분해서는 훈련도 되지 않은 예술가들을 데리고 자기가 본 것을 재현할 수 있다는 터무니없는 야심에 빠진 사람이 결국 실패하고 비웃음을 사는 것은 당연한 일인지도 모른다. 어쩌다 운이 좋아 성공한다 해도 결국에는 상업적 예술에 흡수당하고 만다. 하지만 지방에는 이런 어리석은 야심과는 거리가 먼, 제대로 된 사람들이 많은데, 이들은 보우튼 또는 지방 합창단이나 브라스 밴드 운영자에게 그러하듯이 진정한 예술적 재능이 있는 지도자에게 많은 힘이 되어줄 것이다. 영국의 비국교파 교회인 '작은 베텔'이 몇 세대 지나지 않아 광산 노동자들을 원시 혈거인과 같은 야만 상태에서 신앙심 두터운 훌륭한 생활로 끌어올릴 수 있었다면, '작은 바이로이트' 또한 그들을 경건한 생활에서 순수 예술을 이해하고 즐기는 행복한 상태로 쉽게 끌어올릴 수 있을 것이다. 이러한 수준에 이르지 못했을 경우 어떤 신앙심이나 훌륭한 생활 태도로도 잔인한 스포츠나 천박한 관능에 빠진 자식들을 거기에서 끌어낼 수 없다. 쾌락을 추구하는 것은 인간의 자연스러운 욕구이므로. 아무쪼록 '작은 바이로이트'에 행운이 깃들기를. 아울러 '작은 베텔'과 같은 성공을 이룰 수 있기를! 그리하여 바보들의 비웃음 따위 이웃집 개가 짖는 소리에 불과하다는 것을 증명해내기를!

굳이 설명할 필요가 없을 만큼 유명한 바그너의 불후의 명작 〈니벨룽의 반지〉. 하지만 막상 그 내용과 성격에 대해서는 따로 설명할 게 무척이나 많은 작품이다. 〈니벨룽의 반지〉는 〈라인의 황금〉, 〈발퀴레〉, 〈지크프리트〉, 〈신들의 황혼〉의 4부작으로 이루어진 악극(Music Drama)으로 연속적으로 나흘 밤에 걸쳐 열 다섯 시간 정도를 공연하도록 만들어진 작품이다. 그러므로 전곡을 다 관람하려면 비싼 입장료와 함께 강인한 체력과 정신력—집중력과 인내력—을 갖추고 있어야 하리라.

재기와 독설과 오만함을 자랑하는 영국의 천재적인 극작가이자 비평가인 버나드 쇼가 100여 년 전에 쓴 이 해설서는 사회주의자의 시각으로 반지의 내용을 분석하고 있다.(초판이 1898년에 나옴) 즉, 그때까지 반지의 내용을 북유럽의 오랜 전설에 의거한 판타지 정도로 생각하던 사람들에게 반지의 등장인물에 당시의 현실을 적용하여 계층 간의 갈등을 읽어내는 쇼킹한 해석을 시도한 것이다.

바그너 음악의 최고 권위자 중의 하나인 버나드 쇼는 이 책에서 구 귀족의 몰락, 신흥 자본가 세력의 지배, 새로운 인류의 출현 등 반지의 해석에 처음으로 사회 계층의 개념과 자본주의적 해석 방법을 도입함으로써 이후 반지의 해석에 지대한 영향을 미쳤다. 그로부터 100여 년이 지난 오늘날에야 그다지 놀라울 것이 없는 해석이지만 책이 처음 나왔을 당시에는 많은 논란을 불러일으켰다고 한다. 단순한 이야기를 가지고 버나드 쇼가 자신의 편향된 사회주의적 시각에 맞추어 그 의미를 지나치게 확대 해석했다는 것이다. 이에 대해 쇼는 드레스덴 봉기(1849년)에 가담했다가 모든 기득권을 잃고 파리로 망명할 수밖에 없었던 바그너의 삶의 궤적을 드러내는 것으로 그러한 논란에 대응하고 있다.

그러므로 이 책은 〈니벨룽의 반지〉에 담긴 바그너의 창작 의도를 객관적으로 충실하게 해설했다기보다는 쇼의 정치 철학이 더 많이 담긴 책이라 할 수 있다. 따라서 여기에 담긴 쇼의 해석이나 견해에 대해서는 독자에 따라 지지와 비판이 엇갈릴 수 있다. 또한 드라마 부분에 치우치다 보니 음악적 요소에 대한 내용이 빈약하다는 비판을 피하기 어려운 것도 사실이다. 하지만 그러한 모든 것을 떠나서 이 책이 바그너 애호가에게나 일반인에게 무척 흥미진진한 책인 것만큼은 분명하다. 천재가 또다른 천재를 알아보고 쓴 비평이라고나 할까.

번역하는 동안 쇼의 번뜩이는 재기와 독설을 읽어 내려가는 맛과 재미가 보통이 아니었다. 물론 지독한 만연체 문장을 헤치고 풀어나가느라 번역하는 내내 머리가 아팠던 것도 사실이지만, 번역의 괴로움보다는 독서의 즐거움이 훨씬 컸던 책이다. 고전 음악 또는 바그너를 좋아하는 독자라면 이 책이 바그너 음악에 대한 이해와 감상의 폭을 넓히는 데 도움이 될 것이고, 그렇지 않은 일반 독자라도 버나드 쇼의 재기발랄한 달변을 만나는 즐거움을 누릴 수 있으리라 믿는다. 물론 독자들이 이 두 마리 토끼를 다 잡는다면 번역자로서 이보다 더한 보람이 어디 있을까. 〈니벨룽의 반지〉와 버나드 쇼의 지긋지긋한(!) 문장에 빠져 정신없이 지내다보니 어느새 바람결이 달라져 있었다. 이제 홀가분한 마음으로 오랜만에 '발퀴레의 비행'이나 들어봐야겠다.

참고로 〈니벨룽의 반지〉 창작 과정을 간략하게 정리해보면 다음과 같다. 바그너는 우선 〈지크프리트의 죽음〉(나중에 〈신들의 황혼〉으로 이름을 바꿈)이라는 제목의 대본을 1848년에 완성한다. 그후 〈젊은 지크프리트〉(나중에 〈지크프리트〉로 이름을 바꿈), 〈발퀴레〉, 〈라인의 황금〉 순으로 대본을 쓴다. 그런 다음 전반적인 수정 과정을 거쳐 1852년 전체 대본을 완성하고, 그 다음 해에 개인적으로 대본을 출판한다. 그후 스토리 순으로 작곡에 착수하여 〈라인의 황금〉과 〈발퀴레〉를 각각 1854년과 1856년에 완성한다. 〈지크프리트〉 작곡은 1857년 제2막에서 중단했다가 1869년 제3막에 착수하여 1871년에 완성하고, 마지막으로 〈신들의 황혼〉을 1874년에 완성한다.

유향란